HUOSANG TONGHUA JINGXUAN
DIAN JIN SHU

霍桑童话精选

点金术

[美] 纳撒尼尔·霍桑◎著

王　永◎译

河北出版传媒集团

河北少年儿童出版社

·石家庄·

图书在版编目（CIP）数据

霍桑童话精选：点金术 /（美）纳撒尼尔·霍桑著；王永译． - 石
家庄：河北少年儿童出版社，2024.4
ISBN 978-7-5595-6666-9

Ⅰ．①点… Ⅱ．①纳… ②王… Ⅲ．①童话－作品集
－美国－现代 Ⅳ．① I712.88

中国国家版本馆 CIP 数据核字（2024）第 074876 号

霍桑童话精选：点金术

[美] 纳撒尼尔·霍桑　著

王　永　译

责任编辑　潘　雁　武国林　　　　　特约编辑　米　甲
装帧设计　优盛文化

出版发行　河北少年儿童出版社
地　　址　石家庄市桥西区普惠路 6 号　　邮编　050020
经　　销　新华书店
印　　刷　定州启航印刷有限公司
开　　本　880 毫米 × 1230 毫米　1/32
印　　张　5
字　　数　110 千字
版　　次　2024 年 4 月第 1 版
印　　次　2024 年 4 月第 1 次印刷
书　　号　ISBN 978-7-5595-6666-9
定　　价　39.80 元

目　录

戈耳工的头

你们知道戈耳工吗？

✳ PART 1　引子

地点：坦格活德庄园的门廊

一个秋高气爽的早晨，坦格活德庄园的门廊下聚集着一群快乐的小伙伴，他们中间还有个高个子的年轻人。孩子们打算去丛林里采坚果。此刻他们正焦急地等待山坡上的晨雾散开，等待温暖的阳光洒向田野和牧场，洒向色彩斑斓的丛林中的每个角落。那时，这个美丽宜人的世界又迎来美好的一天。然而，到目前为止，晨雾依然笼罩着整个山谷。透过晨雾，可以看到山谷靠上的平缓的山坡上矗立着一栋雄伟的建筑物，那就是坦格活德庄园。

白色的雾气一直弥漫在庄园一百码①范围内，似乎要把外面的一切阻隔起来，只有几棵枝叶茂密的树露在外面。此时明媚的阳光恰巧照在上面，伴着薄雾，显得绚丽多姿。庄园以南四五英里②外，耸立着高高的纪念碑山③，此时的山顶似乎置身在缥缈的云端。同方向大约十五英里外，是更高的塔科尼克山④，圆圆的山顶此时若隐若现，发出淡淡的蔚蓝色的光，

---

① 1 码 =3 英尺 =0.9144 米。

② 1 英里 =1.609344 公里。

③ Monument Mountain。

④ Dome of Taconic。

与周围翻滚的云海一样缥缈。与山谷相连的那些山，一半露在外面，一半淹没在雾里，从山腰到山顶那段布满了小小的云圈。可以说，大部分景物都被云雾环绕，可见的陆地只有星星点点，给人一种不真实的感觉。

这帮孩子个个精力充沛，他们从庄园的门廊里冲出来，沿着砾石小道奔跑，或者飞快穿过缀满露珠的草地。现场有多少个孩子呢？不少于九个或十个，但不超过十二个。大孩儿小孩儿、男孩儿女孩儿混在一起，他们中有的是兄弟姐妹，有的是表兄弟姐妹，还有几个是普林格尔夫妇邀请来庄园度假的。我不敢说出他们的真实名字，也不敢随意借用其他孩子的名字。据我所知，作家有时不慎给主人公起了真人的名字，会陷入巨大的麻烦中。所以我打算叫这些小家伙儿报春花、小长春花、香蕨木、蒲公英、兰眼麻、三叶草、黑果木、流星花、南瓜花、乳草、车前草和毛茛。当然，你可能觉得这些名字更适合小精灵，而不是这帮尘世中的孩子。

如果没有某个稳重或者年长者陪同，孩子们的父母、叔叔阿姨以及祖父母不会允许他们独自到森林和田野里游玩。不过，这里恰好有个成年人。你还记得故事开始的第一句话吗？我说过那个高个子的年轻人，站在孩子们中间的那个。他叫尤斯塔斯·布莱特，这可是他的真名，当他知道自己的故事在不久的将来要印成书，他高兴坏了，认为这是一种莫大的荣幸。他是威廉姆斯学院①的一名在读大学生，我估计他已经年满十八岁了。小长春花、蒲公英、黑果木、南瓜花、乳草这些小家伙的年龄可能只有他年龄的一半或三分之一，这让他觉得自己在这帮小屁孩儿面前就像一位长者。他的视

———

① 位于美国马萨诸塞州威廉斯敦。

力出了点儿问题，得推迟一两个星期返校。如今，学生认为视力出点儿问题是正常的，那样可以证明自己学习很用功。不过，依我看，尤斯塔斯·布莱特的视力好着呢，因为我很少碰到比尤斯塔斯·布莱特看得更远、更清楚的人。

这个博学的年轻人和所有北方的大学生一样，身材高挑修长，脸色看起来有点儿苍白，但其实他很健康，走起路来健步如飞，如同鞋上长了翅膀一样。顺便说一句，他热衷于丛林探险，这会儿已经换上牛皮靴子。他上身穿了件麻布衫，头戴布帽子，鼻子上架着副绿框眼镜，与其说他想保护视力，不如说他想让自己显得更加威严。不过，你们不用纠结他戴眼镜的目的了，因为眼镜只在他脸上待了一小会儿——尤斯塔斯刚坐到台阶上，调皮的黑果木就爬到他身后，一把摘下他的眼镜，并戴到了自己脸上。这位大学生后来竟忘了要回眼镜，它被遗忘在草地上，静静地等待来年的春天。

要说谁在孩子们中声望最大，当然是尤斯塔斯·布莱特，他可是个名副其实的故事大王。当孩子们缠着他讲更多故事时，他会假装生气，只有我知道他是多么乐意做这件事。所以，等待晨雾散去的空当，当三叶草、香蕨木、流星花、毛茛和其他伙伴缠着他、要他讲故事时，他立刻变得神采奕奕。

"是啊，尤斯塔斯表哥，"报春花说，"早晨当然是讲故事的最佳时机，你的长故事会让我们失去耐心，我和小流星花昨晚不就是在你讲到最有趣的时候差点儿睡着，你还是现在讲吧，我们绝对不打瞌睡，这样你心里也好受些。"

"报春花你胡说！"六岁的小流星花叫道，"我才没打瞌睡，我只是闭上眼睛，想象故事里的画面。尤斯塔斯表哥的故事很适合晚上听，因为我会梦见这个故事。早上当然也适合听，我可以醒着想象。所以我好想让他马上讲一个！"

"哦，谢谢你，我的小流星花，"尤斯塔斯说，"看在你替我说话的份儿上，我要奖励你一个最好的故事。但是，孩子们，我都给你们讲了那么多故事了，估计每个故事都至少讲了两遍。我要是再讲一遍，恐怕你们真的要睡着了。"

"不，不，不是这样的！"兰眼麻、小长春花、车前草和其他孩子齐声叫道，"我们喜欢听那些讲过两三遍的故事！"的确，对于孩子来说，那些重复了无数遍的故事更能加深他们的兴趣。但尤斯塔斯·布莱特肚子里装着数不清的故事，他才不屑像个耍滑的长者，用一个讲过无数遍的故事应付了事。

"好，但在你们面前我算是有学问的，而且想象力也不错，要是不能每天讲个新故事，就说不过去了。接下来我要给你们讲一个神话故事，这个故事是地球老奶奶很喜欢听的，她那时还是个叼着奶嘴儿、系着围兜的小女孩儿。像这样的好故事不下一百个，遗憾的是不久前它们才被编成给小孩儿看的图画书。倒是那些白胡子老头儿一直在发了霉的希腊典籍里没完没了地研究，非要弄明白这些故事是什么时候创造、为什么创造以及如何创造的。"

"好啦，好啦，好啦！尤斯塔斯表哥，快停下！"孩子们不停地嚷嚷着，"不要再说了，快讲故事吧！"

"那么，大家先乖乖坐好，"尤斯塔斯·布莱特说，"都要像耗子一样安静，不要发出任何声音，要是我被打断了，不管是顽皮的报春花，还是爱捣乱的蒲公英，或是其他人，我会立即把故事一口咬断，并把剩下的故事全都吞进肚子里。明白了吧？那么，你们知道戈耳工吗？"

"我知道。"报春花说。

"那你最好闭上嘴巴！"尤斯塔斯说，"大家安静一下，我给你们讲个《戈耳工的头》的故事吧，这可是个非常有趣的故事。"

于是，尤斯塔斯讲了你们接下来也会读到的故事。他讲故事的时候，能把所学的知识巧妙地糅合到故事中，这个本领的获得，要感谢他的老师安东教授。不过，当无穷无尽的想象力迸发时，他会轻易地把那些古典权威抛到脑后。

✴ PART 2　故事开始啦

珀尔修斯是阿尔戈斯国王阿克里西俄斯之女达那厄的儿子。当珀尔修斯还是个婴儿的时候，一帮邪恶的歹徒把母子二人装进一个箱子里，并丢弃在海边。海风呼呼地吹，慢慢把箱子吹离了海岸，汹涌的波涛把箱子抛来抛去，达那厄生怕一个大浪把箱子打翻，于是把珀尔修斯紧紧护在怀里。幸运的是，箱子既没有沉没，也没有被打翻，一直在海上漂着。夜幕降临，箱子漂到一个小岛附近，恰好被渔网缠住了，一个渔夫把箱子拖到干燥的沙滩上。这座小岛叫塞里福斯岛，由渔夫的兄弟波吕得克忒斯国王统治。

幸运的是，达那厄母子遇到的渔夫是个善良正直的人。他一直很照顾这对母子，直到珀尔修斯长成了英俊的小伙子。成年后的珀尔修斯强壮有力，精力充沛，还能熟练使用各种武器。波吕得克忒斯国王一直关注着这对从海上漂来的不速之客。他可不像他的兄弟那样宅心仁厚，相反，他的心肠十分歹毒。他打算派珀尔修斯去执行危险任务，最好能要了珀尔修斯的命，这样就容易迫害达那厄了。歹毒的国王绞尽脑汁地想，终于想到一个足以让珀尔修斯有去无回的任务，于是他派人把年轻的珀尔修斯叫来。

珀尔修斯来到王宫，看到国王正坐在王位上。

"珀尔修斯，"波吕得克忒斯国王皮笑肉不笑地说，"你已经长大成人，看你现在多么棒。我一直很关注你们，我那个渔夫兄弟对你们怎样更不用说。我要求你们做一些事情报答我们，不过分吧？"

珀尔修斯回答说："请陛下吩咐，我愿意用生命来回报您。"

"很好，"国王脸上的阴险笑容并未消失，他继续说，"既然你这么说了，我正好有一个小小的任务需要你去做，我相信你一定会抓住这个难得的机会来证明自己的勇敢。你可能知道，我想娶美丽的希波达米亚公主为妻，按照惯例，我要送给美丽的新娘一件礼物。坦白地说，我一直不知道去哪里找一件公主喜欢的礼物。不过，就在今早，我终于想到了。"

"是什么？我能找到它吗？"珀尔修斯热切地说道。

"当然可以，只要你和我想象得一样勇敢，"波吕得克忒斯国王回答道，"你一定知道戈耳工三姐妹，我想把其中最小的蛇发女妖美杜莎的头颅作为新婚礼物，送给希波达米亚公主。亲爱的珀尔修斯，相信你一定能办到的，你必须尽快把它带回来，因为我正急着向公主求婚。"

"明天一早我就出发！"珀尔修斯回答。"去吧，我勇敢的孩子。"国王接着说，"还有，珀尔修斯，你砍下美杜莎的头时要干净利落，千万不要弄伤她的脸，务必完好无损地带回来，这样才能配得上高贵的公主。"

　　珀尔修斯前脚刚走，波吕得克忒斯就忍不住放声大笑。歹毒的国王没想到这个家伙这么容易就落入他的圈套里，不禁得意起来。珀尔修斯要砍下美杜莎的头这一消息很快散布了出去，岛上的大多数人都和国王一样歹毒，他们巴不得达那厄母子遭遇不幸，所以听到这个消息后，他们都幸灾乐祸。在塞里福斯岛上，好人似乎只剩下渔夫了。珀尔修斯走在路上时，人们在他身后指指点点，有的挤眉弄眼，肆意嘲笑他。

　　"唔！唔！"他们叫道，"美杜莎头上的蛇会狠狠咬他的！"

　　那时，世上有三个戈耳工蛇发女妖，她们可是创世以来最神奇、最可怕的怪物，而且毫不夸张地说，无论现在还是未来，她们都是最可怕的怪物。我不知道该如何形容这些怪物，她们是三姐妹，虽然模样有点像女人，但实际上是非常可怕的恶龙。你无法想象这三姐妹是多么丑陋和可怕，但请你相信，她们每个人头上盘着一百条大蛇，而且都是活的，这些蛇一刻不停地在她们的头上扭动，还吐着像叉子一样的信子。她们还有长长的獠牙，手臂是用黄铜做的，身上布满了像铁一样坚不可摧的蛇鳞，可以说刀枪不入。她们还有一对翅膀，因为每一根羽毛都是用闪闪发光的金子做的，所以那对翅膀非常华丽。她们飞翔时，那对翅膀在阳光的照耀下越发光彩夺目。

　　但如果人们瞥见她们在空中飞行时，绝不会停下来欣赏她们闪闪发光的翅膀，而是以最快速度跑开并躲起来。也许你认为他们害怕被戈耳工头上的蛇咬到，或者害怕被丑陋的獠牙咬下头颅，又或者害怕被铜爪撕成碎片。嗯，确实如此，但这些都不是最可怕的，也不是最难逃避的。最可怕、最难逃避的是，一旦哪个可怜人不小心看到她们的脸，他会立刻从血肉之躯变成冰冷的石头。

说到这里，你知道波吕得克忒斯国王有多么歹毒了吧？他为珀尔修斯设的这个圈套就是想让他有去无回。珀尔修斯想来想去，最后意识到此行必是凶多吉少，在带回美杜莎的脑袋之前，他可能就已变成一尊石像。况且他还要与长着金翅、蛇鳞、獠牙、铜爪的怪物搏斗，就算比自己更厉害的勇士也难以招架。而且，他还不能与敌人对视，只能闭着眼睛杀死戈耳工。否则，当他举起武器打算攻击的那一刻，就会立刻变成石像。从那以后，他只能举着手臂一动不动地站上好几个世纪，直到消失在岁月的长河里。对于年轻的珀尔修斯来说，这真是祸从天降，让他难以接受，因为他还没有施展自己的抱负，还没有享受幸福的人生。

珀尔修斯此刻沮丧极了，他不敢将此事告诉母亲，这只会让她更担心。于是，他抄起盾牌和佩剑，离开小岛，来到了大陆。他找了一个僻静的地方，一坐下来，眼泪就流了出来。

就在他悲伤之时，他耳边忽然听到一个声音。

"珀尔修斯，"那声音说，"你为什么看上去如此伤心？"

珀尔修斯以为这么荒凉的地方只有他一个人，不承想还有个陌生人。正在埋头哭泣的他猛然抬起头，发现一个年轻的小伙子就站在不远处。他披着斗篷，头上戴着一顶奇怪的帽子，手里的手杖也歪七扭八，腰间别着一把弯弯的短刀。他身形轻盈矫健，能跳跃和奔跑，一看就是经常锻炼。他的笑容似乎带着一丝狡黠，但更多的是通达、快活和热忱。珀尔修斯被他感染了，心情也没那么差了。与此同时，珀尔修斯又有点羞愧，他一直认为自己是个勇士，但此时却像个小学生一样胆小怕事，还偷偷地掉眼泪；再说了，事情还没有到绝望的地步呢。意识到这些，珀尔修斯赶快擦干泪水，并摆出一副勇敢的样子，和这个陌生人交谈起来。"我没有伤心，只是有点担心接下来的冒险之旅。"

"呵！"陌生人惊叹道，"好吧，跟我说说吧，没准儿我能帮上你。实不相瞒，我已经帮助很多年轻人完成了他们认为完不成的挑战。也许你曾听说过我，我的名字不止一个，但我喜欢用'水银'①这个名字。快告诉我是什么为难的事，我们合计合计，看有什么好办法。"

陌生人的这番话让珀尔修斯的坏心情一下子烟消云散，他决定告诉水银事情的经过。目前他已经走投无路了，而眼前的这个新朋友还能给他出些主意。于是，他把事情的来龙去脉说给了这位朋友：波吕得克忒斯国王想把戈耳工美杜莎的头砍下来，将其作为新婚礼物送给希波达米亚公主，而他负责执行这次冒险任务，但又害怕自己就此变成一尊石像。

"太可惜了，"水银笑着说，"不过你变成石像一定很英俊，而且一站就是几百年。当然啦，谁都愿意做个活生生的人，谁会想做那么多年的石像。"

"是的，远不止如此！"珀尔修斯说道，"如果我的母亲知道她心爱的儿子变成一尊石像，她后半生该怎么办呢？"

"好了，好了，我觉得这事并没有你想得那么糟。"水银安慰道，"如果这世上有人能帮你的话，那个人一定是我。尽管这件事看起来很棘手，但我和我的姐姐会尽力保你平安。"

"你的姐姐？"珀尔修斯疑惑不解地问道。

---

① 水银：Quicksilver，直译为水银。希腊神话里的赫尔墨斯，罗马神话中商业之神——墨丘利（Mercury），为宙斯之子，是神话中的信使。

"是的，我的亲姐姐，"水银说，"请相信我们能保你平安无事。我的姐姐很聪明，当然我也一样。如果你足够大胆、谨慎，并且一切听我们的安排，你就不用害怕会变成石像。首先，你得把盾牌擦亮，要擦得像镜子一样，能清楚地看到你的脸。"

在珀尔修斯看来，以擦盾牌这样的小事儿开启这次的冒险之旅多少有些小题大做，他觉得盾牌足够坚固才是关键，这样才能避免被戈耳工的铜爪抓伤，至于明不明亮似乎不重要。不过，珀尔修斯认为水银一定比自己见多识广，还是按着他的要求做了。他认真地擦洗着盾牌，很快就擦得如天上的满月一样闪闪发光。水银笑眯眯地看了一眼，点头表示可以了。然后，他摘下自己那把短弯刀挂到珀尔修斯身上。"要完成这次冒险，还得靠我的这把刀，"他说，"这把刀非常锋利，削铜断铁就像削树枝一样轻松。在出发之前，我们需要先找到灰袍三姐妹，她们会告诉我们去哪儿可以找到山泽仙女。"

"灰袍三姐妹？"珀尔修斯急切地说道，"她们又是谁？我从没听说过。"

"她们呀，是三个非常古怪的老太婆，"水银笑着说，"她们共用着一只眼睛和一颗大牙。只有在满天星光或者黄昏时刻才能碰到她们，因为她们从不在有太阳或月亮的时候出现。"

"但是，"珀尔修斯疑惑地说，"我为什么要把时间浪费在这三个老太婆身上呢？现在去找可怕的戈耳工不更好吗？"

"不，没你想得那么简单，"水银回答，"在去找戈耳工之前，还有许多事情要做，而且必须把这三个老太婆找出来。

只有找到她们才意味着戈耳工离你不远了。好了，我们动身吧！"

此时，珀尔修斯已对这个睿智的伙伴深信不疑，他不再多言，准备随时启程。就这样，他们踏上了冒险之旅。途中他们走得很快，没走多久珀尔修斯就发现很难跟上水银轻快的步伐。这时珀尔修斯心中冒出一个奇怪的想法，水银莫非穿了双会飞的鞋子，不然怎么走得这么快？当珀尔修斯偷瞄水银的时候，似乎看到水银脑袋两侧有双翅膀，他想进一步确认一下时，那对翅膀又神奇地消失了，真是奇怪！那根古怪的手杖似乎也帮了水银大忙，使他能够快速地前行。珀尔修斯虽然是一个精力充沛的小伙子，但此时也走得气喘吁吁。

"来这里！"水银大声喊道。他很清楚珀尔修斯要跟上他有点困难，于是说："给你手杖吧，我觉得你更需要它。你是塞里福斯岛上走得最快的人吧？"

"我其实能走得更快，"珀尔修斯瞥了一眼同伴的脚说，"假如我也有一双会飞的鞋子。"

"我会留意给你也搞一双。"水银回答说。

珀尔修斯有了手杖之后，步伐变得轻快，之前的疲惫感也一并消失。手杖在珀尔修斯的手里似乎有了生命，有股神奇的力量在悄悄注入他的体内。瞧，他现在可以和水银并肩同行，还能愉快地交谈。水银向珀尔修斯讲了他的许多冒险经历，讲他如何利用智慧化解各种危机。珀尔修斯听得津津有味，佩服水银无所不能，真的很了不起。对于一个年轻人来说，能认识一位见多识广的朋友无疑是幸运的，珀尔修斯迫切地希望从水银口中听到一些能启发自己的故事。

珀尔修斯突然想起水银曾提到他的姐姐，并且她还会帮他们完成这次冒险任务。

"你姐姐在哪儿？"他问道，"我们现在不用找她吗？"

"不用着急，你会在恰当的时机见到她，"水银说，"不过我得提前跟你说一声，我这个姐姐和我的性格截然不同。她平时很严肃，不苟言笑，除非特别重要的事情，否则她不会多说一个字。你最好和她说一些有见地的话，否则她才懒得理你。"

"天哪！"珀尔修斯喊道，"我一个字都不敢说了。"

"我向你保证，她是个才华横溢的人，"水银继续说，"她精通所有的艺术和科学，总之她智慧超群，大家都认为她是智慧的化身。不过，说实话，我不能忍受她总是一副老气横秋的样子，估计你看见她也不会觉得她是个好相处的人。不过，她也有优点，你到时候就知道了。"

夜幕悄然降临，他们来到一处荒无人烟的地方，四面是茂密的灌木丛，寂静得让人感到恐惧，灰蒙蒙的暮色让周围一切显得更加荒凉。珀尔修斯不安地环顾四周，焦急地问水银是不是还要走很远。

"嘘！"他低声说，"别出声！在这里很容易碰到灰袍三姐妹。小心点，免得到时你还没发现她们，她们先发现了你。虽然她们三个共用一只眼睛，却比有六只眼睛还要敏锐。"

珀尔修斯问道："待会儿碰见她们，我该怎么做？"

水银向珀尔修斯讲了灰袍三姐妹怎样靠一只眼睛生活。她们需要把那只眼换来换去，就好像更换一副眼镜一样，不对，说成单个眼镜片更合适。其中一个姐妹使用了一段时间后，会把那只眼抠出来给下一个姐妹，接过眼睛的姐妹赶紧把它拍在自己的头上，迫不及待地看看眼前的世界。无论何时，都会有两姐妹身处黑暗中。而且，当眼睛交接时，这两个可怜的人谁都看不见，只能到处摸索着完成交接。我这辈子听过和见过很多奇怪的事，但我觉得没有哪件比共用一只眼睛的灰袍三姐妹更奇怪了。

珀尔修斯也这样认为，他一直处于震惊状态。哦不，这家伙一定在跟他开玩笑，世上怎么会有这么奇怪的人！

"别不信，你很快就知道我说的是真还是假。"水银严肃说道，"嘘！安静！她们来了！"

珀尔修斯透过暮色仔细寻找着，果然，不远处走来三个人影，由于光线太暗了，他根本看不清她们的长相，只看到她们头上长长的白发。当她们走近时，珀尔修斯看到其中两人的前额正中间有一个深陷的眼窝，而第三个人的前额中间有一只明亮、灵活的大眼睛，在暮色的衬托下，这个眼睛就像戒指上的钻石一样闪闪发光。它似乎在扫视着周围的一切，珀尔修斯想，三个人的视力集中在一只眼睛上，它一定是三个人的眼睛溶化后聚集的精华，即使在漆黑的午夜，也能像在最明亮的正午一样看得真真切切。

这三个老太婆走起路来还算默契，有眼睛的那个老太婆会牵着另外两个姐妹的手，并且不停地观察周围的动静。珀尔修斯此刻非常害怕，心提到了嗓子眼儿，他怕她发现了躲在灌木丛中的他们。我的天！被敏锐的眼睛这么近距离地扫视，简直太可怕了！

就在她们靠近灌木丛时，其中一个老太婆说话了。"姐姐！稻草人姐姐！"她叫道，"你用眼睛的时间够久了，该轮到我了吧！"

"让我再多用一会儿，梦魇妹妹，"稻草人姐姐说，"我好像瞅见灌木丛后面有东西。"

"那又怎么样？"梦魇妹妹生气地反驳，"难道我不能接着看吗？眼睛是你的，也是我的呀。相信我，我和你一样熟练，甚至还比你看得更清楚。我要马上看一看！"

此时，叫摇骨节的老太婆也开始抱怨起来，嚷嚷着稻草人和梦魇两人光想着自己，明明该轮到她了。为了尽快结束这场争执，稻草人姐姐把眼睛摘了下来，拿在手里。

"拿走吧，随便谁拿走，"她嚷道，"别再这么愚蠢地争吵了，眼不见心不烦，快拿走吧，不然我还把它拍到我的头上！"

于是，梦魇和摇骨节两个老太婆都伸出手来焦急地摸着，她们都想从稻草人手里夺过眼睛。但她们看不见，根本不知道稻草人的手在哪里。稻草人也和她们一样，没碰到任何一只手。聪明的小听众们，你们肯定觉察到，那三个老婆婆的状态一团糟。虽然稻草人手里的那只眼睛像星星一样发着耀眼的光，但她们根本看不到，她们仨都迫切想拥有那只眼睛，现在倒好，谁也看不见了。

水银看见摇骨节和梦魇胡乱摸索着抢夺眼睛，并且不断责备对方以及稻草人的场面时，差点笑出声来。

"现在轮到你了！"水银低声对珀尔修斯说，"快，快，在眼睛被拍到她们的头上之前，把它从稻草人手里抢过来！"

就在这三个老太婆互相责骂时，珀尔修斯猛地从灌木丛后面跳了出来，一把将那只眼睛夺了过来。此时这只眼睛依旧发出明亮的光芒，带着一种心照不宣的神情望着珀尔修斯，如果它有眼睑的话，估计还会对着他眨眼呢。可怜的灰袍三姐妹根本不知道发生了什么，每个人都以为那只眼睛在其他两人手里，于是又吵了起来。珀尔修斯看不下去了，他不想给她们带来不必要的麻烦，他认为有必要解释清楚。"你们好，尊敬的女士们，"他说，"请不要互相指责了。要说该指责谁，那一定是我，因为你们明亮而神奇的眼睛在我这里！"

"你！你偷了我们的眼睛！你是谁？"灰袍三姐妹异口同声地叫道。听到陌生的声音，她们才发现眼睛早已落入他人手里，她们吓坏了。"啊，我们该怎么办，姐妹们？我们怎么办？我们全都看不见了！还我们眼睛！还给我们吧，我们只有一只珍贵的眼睛，而你已经有两只了！可怜可怜我们，把眼睛还给我们吧！"

"告诉她们，"水银对珀尔修斯低声说，"只要她们告诉你如何找到穿着飞鞋、戴着隐形头盔的山泽仙女，你就把眼睛还给她们。"

"善良的、受人尊敬的女士们，"珀尔修斯对灰袍三姐妹说，"你们不必太过担忧，我没有恶意。只要你们告诉我山泽仙女在哪儿，我就把眼睛完好无损地还给你们，并保证它还和之前一样明亮。"

"山泽仙女！天哪！姐妹们，山泽仙女是谁？"稻草人尖叫着，"我听说世界上有很多仙女，有的在丛林中狩猎，有的住在树洞里，还有的把家安在水边。但我们真的不知道山泽仙女是谁！可怜可怜我们吧，我们已经很不幸，只有一只眼睛，经常游荡在黑暗中，而你却把我们唯一的眼睛偷走了。啊，还给我们吧，善良的陌生人！不管你是谁，快把它还给我们！"

这期间，三个老太婆伸着双手不断挥舞着，竭力想抓住珀尔修斯。但他早有防备，小心地躲在她们够不着的地方。

"尊敬的女士们，"他继续彬彬有礼地说，"在你们愿意告

诉我如何找到山泽仙女之前，我会把眼睛紧紧握在手里，替你们好好保管。我要找的山泽仙女，她保管着魔法袋、飞行鞋，对，还有隐形头盔。"

"姐妹们！瞧这个年轻人在说些什么。饶了我们吧！"稻草人、梦魇和摇骨节一声接一声惊恐地乱喊着，"他说一双会飞的鞋，如果穿上它，那脚跟不是飞得比头还高！还有什么隐形头盔，戴到头上就能隐身？除非那个头盔大到能让他藏在下面！还有什么魔法袋！我想知道那到底是个什么玩意儿？不，不，好心的陌生人！我们对这些稀奇古怪的东西一无所知。你有两只眼睛，而我们三个只有一只。若论找这些玩意儿，你总比我们这些瞎眼老太婆强多了。"

珀尔修斯听完灰袍三姐妹的话，真的以为她们不知道，想到自己为她们添了这么大的麻烦，他感到很抱歉。就在珀尔修斯想把眼睛还给她们并请求她们原谅时，水银一把抓住了他的手。

"千万别上当！"他说，"她们是唯一知道山泽仙女在哪儿的人，你如果问不出来，就甭想顺利取得美杜莎的头。握紧那只眼睛，她们会妥协的。"

事实证明，水银是对的，被人们像对自己眼睛一样珍视的东西很少，本该有六只眼睛的灰袍三姐妹，十分爱惜她们剩下的一只眼睛。当她们发现除告诉珀尔修斯真相之外没有别的办法时，她们就把所知道的和盘托出。珀尔修斯得到答案之后，立刻把眼睛拍进了一个老妇人额上的眼窝里，他非常真诚地表达了谢意后就离开了。然而，这个年轻人并不知道他走后，灰袍三姐妹又开始了新一轮儿的争吵，因为那只眼睛凑巧又拍在了稻草人的头上，要是没有这场闹剧，稻草人早该把眼睛让出来了。

灰袍三姐妹已经习惯了没完没了地争吵，这严重影响了她们之间的和睦。但让人啼笑皆非的是，她们又都离不开对方，必须永远待在一起。说到这里，我想给大家一个建议：无论兄弟还是姐妹，无论年长还是年幼，如果你们碰巧也共用一个东西，那么每个人都要形成一个重要的品质，那就是包容，千万不要争来争去。

水银和珀尔修斯顺着灰袍三姐妹指的方向，很快就找到了山泽仙女。说实话，山泽仙女与灰袍三姐妹的外貌相差很大，她们是那么的年轻、美丽，并且有一双明亮的眼睛，十分友好地望着珀尔修斯。水银似乎早就认识她们。在听完珀尔修斯的冒险经历后，她们毫不犹豫地把所有宝物都拿了出来。她们先是交给他一个貌似用鹿皮制成的小魔法袋，上面绣着奇怪的图案，她们嘱咐他小心保管，原来这就是魔法袋。接着，仙女们递给他一双鞋，既像拖鞋，也像凉鞋，每只鞋的后跟都镶着一对漂亮的小翅膀。

"把它们穿上，珀尔修斯。"水银说，"你会发现自己变得十分轻巧。"

珀尔修斯正在穿一只鞋时，另一只放在他身边的鞋拍打着翅膀飞了起来，水银纵身一跃抓住了那只鞋，如果不是他眼疾手快，鞋估计早飞走了。"不能大意，"他一边说一边把鞋递给珀尔修斯，"如果天上的鸟儿看见队伍中加入了一只会飞的鞋子，估计会吓得半死。"

珀尔修斯穿上那双神奇的鞋，双脚就变得轻飘飘的，慢慢地飘离了地面。瞧！他飘起来了，飘过了水银和仙女们的头顶。世上所有的宝物，人们在没有习惯之前通常很难驾驭，此刻的珀尔修斯也一样，他不知道怎么降落。水银看着他生疏的动作，哈哈大笑起来，他告诉珀尔修斯不要着急，还要拿隐形头盔呢。

善良的仙女们已经为珀尔修斯准备好了隐形头盔，头盔上那簇黑色的羽毛还在轻轻摇晃着，仿佛就等着被珀尔修斯戴在头上呢。珀尔修斯静静地站在那里，金色的卷发，红红的脸颊，腰上配着那把弯曲的短刀，手臂上挽着明亮的盾牌，这些都让他显得威武勇猛。但当头盔戴在他头上时，珀尔修斯一下子就消失了，除了空气什么都没有，就连那顶能让他隐形的头盔也不见了。

"珀尔修斯，你在哪里？"水银问道。

"嗯？就在这儿，"珀尔修斯平静地回答着，"就在我刚才站着的地方呢！没看见我吗？"

"看不见，根本看不见！"水银回答说，"你藏在头盔下面了。太好了！如果我看不见你，戈耳工自然也看不见。跟我来，你得再试试这双鞋子，看能不能控制它。"

话音刚落，水银的帽子上就展开了一对翅膀，之后，他的整个身体轻盈地升到空中，珀尔修斯紧随其后。他们飞到了几百英尺的高空，珀尔修斯此刻觉得自己像只自由自在的鸟儿，可以在空中翱翔，也可以俯瞰脚下黑漆漆的大地，真令人开心！

此时，已是深夜，珀尔修斯抬起头，他看到天上挂着一轮又圆又亮的月亮，月亮周身发出银色的光，它就那样挂在天空，美丽极了，有一瞬间他真想飞到月亮上去，在那里度过余生。接着，他往下看，看到了脚下的大地、银色的河流、白雪皑皑的山峰、辽阔的田野、幽暗的森林以及城市里用白色大理石垒起来的建筑。银色的月光笼罩着脚下的大好河山，此时的大地就像月亮和万千星星一样美丽、静谧。此外，他还看到了自己长大的地方——塞里福斯岛，他亲爱的母亲就在那儿。从远处看，天上的云朵好像是用柔软的银色羽毛做成的，他和水银时不时地扎到云里，当被云朵包裹时，他们被雾气弄得又湿又冷。好在他们飞得很快，顷刻间他们又从云里钻了出来，继续沐浴在月光下。还有一次，一只正在飞行的鹰正好与隐身的珀尔修斯撞个满怀。最壮观的景象莫过于流星，它们划过长空时闪烁着耀眼的光芒，那光芒和篝火一样明亮，瞬间照亮了周围几百英里范围内的夜空，那光芒让月光都黯然失色。

正在飞行的珀尔修斯听到身边响起沙沙的声音，他看了看四周，除水银之外没有别人，但声音却非常明显。

"是谁？谁的衣服沙沙作响？"珀尔修斯问道。

"哦，是我姐姐！"水银回答说，"她跟我们一起去，我说过的，没有她的帮助，我们什么也做不了。你不知道她有多聪明！她的眼睛也很神奇，瞧，她能清楚地看见隐身的你。我敢说，待会儿她会第一个发现戈耳工。"

他们继续火速前进，很快他们望见了一片大海，不一会儿就飞到了大海的上空。在他们脚下，海浪正不停地咆哮，漫到海滩时卷起一朵朵白色的浪花，撞到悬崖时则水花四溅，同时发出雷鸣般的响声。由于身处高空，这些巨大的声音传到珀尔修斯的耳朵时，就变成了喃喃细语，好像半睡半醒的婴儿说的梦话。就在这时，一个声音在他身边响起，似乎是一个女人的声音，那声音虽然听起来不算甜美，但庄重而温和。

"珀尔修斯，"那声音说，"戈耳工在那儿！"

珀尔修斯说道："啊？在哪？我没看到。"

"就在你脚下的那个岛。"那声音回答，"如果丢一块鹅卵石下去，正好能砸中她们。"

"我说得对吧，她会第一个发现她们！"水银对珀尔修斯说，"她们在那儿！"

珀尔修斯顺着水银指的方向往下看，在他下面两三千英尺①的地方，有一个小岛，小岛三面被礁石环绕，只有一面是雪白的沙滩，浪花猛烈地拍打着三面的礁石，并形成白色的泡沫。他慢慢落下去，仔细打量着黑色峭壁下那团耀眼的东西。他看到了，戈耳工就在那里！她们此刻睡得正香，大海发出的轰鸣声成了她们的摇篮曲，要哄这么凶猛的怪兽入睡，就得是这种震耳欲聋的声音。月光照在她们钢铁般的鳞片上，照在她们垂伏在沙滩的金色翅膀上。瞧！她们的铜爪看起来那么可怕，熟睡的戈耳工可能梦见把某个可怜人撕成碎片，因此她们的爪子时不时地伸出来，捞起一把被海浪拍下的碎石。而充当她们头发的那些蛇似乎也睡着了，偶尔有一条会扭动身体，抬起它的头，伸出分叉的信子，发出沉闷的嘶嘶声，之后又让自己沉入蛇群里。

该如何形容戈耳工呢？她们更像一种可怕的巨型昆虫，如拥有金翅膀的甲虫或者蜻蜓，但她们的体型要比这些昆虫大几万倍。另外，她们身上还有人类的特征。她们此时正好背对着珀尔修斯，他完全看不到她们的脸，如果他不小心看到她们的脸，他会变成一块毫无知觉的石像，从空中重重掉下。

"现在，"水银飞到珀尔修斯身边低声说，"立即行动！快！不然其他戈耳工醒了就来不及了！"

---

① 1 米 =3.2808 英尺。

"我该砍哪一个？"珀尔修斯问，"她们三个看起来一模一样，都是一头蛇发，哪个才是美杜莎？"

忘了告诉你们，美杜莎是唯一一个能被珀尔修斯砍掉脑袋的怪物。至于另外两个，就算珀尔修斯用世上最锋利的刀连续砍上一个小时，也不会伤她们分毫。

"小心点，"那个平静的声音又响起来，"那个睡得不安稳，要翻身的就是美杜莎。可千万别看她，否则会把你变成石头的！你可以透过你的盾牌观察她的一举一动。"

这时，珀尔修斯才明白为什么水银让他把盾牌擦亮。他看向自己的盾牌，透过盾牌里的倒影，他可以安全地看到美杜莎的脸。此时月光正好照在美杜莎那张可怕的脸上，让她显得那么狰狞、恐怖。她头上的蛇根本没有完全入睡，有的还在额上不停地扭动。该怎么来形容这张脸呢？从来没人见过这么狰狞的面孔，就连想都想不出来，却具有一种诡异的、充满野性的美。此刻美杜莎还在睡梦中，虽然闭着眼睛，但脸上露出不安的表情，獠牙紧咬着，似乎做着噩梦，那坚硬无比的爪子时不时地抓起身边的沙石。

美杜莎头上的蛇似乎也受到噩梦的刺激，变得不安起来。它们闭着眼睛拧成一团，疯狂地扭动着，发出嘶嘶的叫声。

"快！现在，就现在！"水银小声说，"向怪物冲过去！"

"一定要冷静，"那个声音再次响起，"你往下飞的时候，眼睛一定不要离开盾牌，你只有一次机会。"

珀尔修斯小心翼翼地往下飞，眼睛死死盯着盾牌上的那张脸。他越靠近，美杜莎恐怖的面容和铜爪铁鳞越显得可怕。当他发现美杜莎的头颅已经触手可及，他便举起了弯刀。与此同时，美杜莎头上的蛇感到了危险，全都拼命地向上绷直，

美杜莎也睁开了眼，但为时已晚，珀尔修斯手起刀落，邪恶的美杜莎已经身首异处。

"干得漂亮！"水银叫道，"快点，把她的头颅装进魔法袋里！"

令珀尔修斯吃惊的是，一直挂在他脖子上的小魔法袋，此时已经大到足以装下美杜莎的头颅。蛇还在那个头上蠕动着，他飞快地一把抓起美杜莎的头颅，塞进了魔法袋。

"你的任务完成了。"那声音平静地说，"现在快离开这里，因为其他戈耳工会竭尽全力为美杜莎报仇。"

是得马上离开，因为刚才弯刀划破空气的声音、蛇的嘶嘶声以及美杜莎的头落在沙滩上发出的撞击声惊动了另外两个戈耳工。她们坐了起来，迷迷糊糊地用那坚硬无比的铜爪揉着眼睛，她们头上的蛇先看到这可怕的场面，都绷直了身子。当她们看到美杜莎变成一具无头尸体、金色翅膀皱巴巴地摊在沙滩上时，她们发出了歇斯底里的尖叫，头上的蛇也发出了令人毛骨悚然的嘶嘶声。魔法袋里美杜莎头上的蛇也发出同样的声音，似乎在回应外面的蛇。

此时，这两个戈耳工已完全清醒，她们急匆匆地冲上天空，露着可怕的獠牙，挥舞着铜爪，疯狂地拍打着巨大的翅膀，一团团金色的羽毛被抖了下来，飘到了岸上。她们疯狂地扫视周围的一切，恨不得立刻找出敌人，把他变成石头。如果珀尔修斯不小心看到她们的脸，或者落入她们手里，他那可怜的母亲就再也见不到自己亲爱的儿子了。但他始终避开她们的脸看向别处，由于他戴着隐形头盔，那两个戈耳工根本不知道如何找到他。他熟练地控制那双带翅膀的鞋，一直飞到距离地面一英里的高空，两个戈耳工发出的尖叫已经变得很微弱了，随后他径直向塞里福斯岛飞去，准备把美杜莎的头交给波吕得克忒斯国王。

由于时间关系，我无法再给你们讲珀尔修斯回家途中发生的事。比如他杀死了一只可怕的海怪，因为当时它正要吞下一个美丽的少女；比如他拿着美杜莎的头给一个作恶多端的巨人看，把他变成了一座石山。你要不相信，可以亲自去一趟非洲，你会看到那座以这个远古巨人的名字命名的石山。

英勇的珀尔修斯回到小岛，他迫不及待地想见到母亲。但是，在他离开的这段时间，邪恶的国王十分残忍地欺凌达那厄，达那厄不得不躲进一座寺庙里。几位善良的老祭司收留了她，他们和当初搭救并帮助达那厄母子的好心渔夫，似乎是岛上仅有的几个好心人，至于其他人，包括波吕得克忒斯国王在内，都是作恶多端的家伙，他们一定会遭到报应。

珀尔修斯没找到母亲，于是直接去了王宫，很快被带到国王面前。波吕得克忒斯国王见到他根本高兴不起来，因为他邪恶地认为戈耳工会把这个可怜的家伙撕成碎片，而不是让他完好无损地回来。他尽量装出一副高兴的样子，询问珀尔修斯是否成功。

"亲爱的珀尔修斯，你答应我的事儿办到了吗？"他问道，"你给我带回美杜莎的头了吗？你知道的，我必须为美丽的希波达米亚公主准备礼物，没有什么礼物比美杜莎的头颅更能讨她欢心了。你如果没有办到，就要付出些代价。"

"是的，陛下，"珀尔修斯很平静地回答，"我把美杜莎的头颅毫发无损地带回来了。"

"真的？拿过来让我看看。"国王波吕得克忒斯说，"如果旅行家们所言属实，那一定是件稀世珍宝！"

"陛下所言极是，"珀尔修斯回答，"这确实是件稀世珍宝。如果陛下觉得合适的话，我建议您宣布放假一天，并召集所有臣民来观看这件宝贝。我想，他们中没有人见过美杜莎的头，以后也不可能看到！"

国王很清楚他的臣民和他一样都是游手好闲的无赖，他们最喜欢看热闹，于是他采纳了珀尔修斯的建议，立刻派使者和传令官到小岛的四周以及市场和街口吹响号角，集结一大群游手好闲的无赖来到王宫。这些人各个幸灾乐祸，希望珀尔修斯被戈耳工杀死。如果岛上还有一些善良的人①，他们一定会待在家里，忙自己的事，看好自己的孩子。但大多数居民都以最快的速度奔向王宫，他们挤来挤去，都想挤到阳台下，此刻珀尔修斯正站在上面，手里提着那个绣着图案的魔法袋。

波吕得克忒斯国王此刻坐在正对着阳台的看台上，他的身后是邪恶的谋士以及谄媚的大臣，簇拥着他形成一个半圆。国王、谋士、大臣和那帮无赖都热切地注视着珀尔修斯。

"快打开让我们看看！让我们看看美杜莎的头！"人们喊道。他们的叫声中透着挑衅，如果珀尔修斯不让他们满意的话，他们似乎会把他撕成碎片。听到他们的喊叫，年轻的珀尔修斯对这帮可怜虫生出一丝怜悯。

"哦，波吕得克忒斯国王，"他喊道，"还有你们，我真不愿意给大家看美杜莎的头！"

"啊，你这个混蛋！懦夫！"人们更疯狂地喊叫着，"他在戏弄我们！他根本没有美杜莎的头！有的话快点拿出来，否则我们就把你的头当球踢！"

---

① 尽管故事里没有提到这些善良的人，但我希望真的有。

邪恶的谋士们开始在国王的耳边窃窃私语，大臣们也在交头接耳，他们一致认为珀尔修斯欺骗了国王。波吕得克忒斯冲着人群挥挥手，用威严而低沉的声音命令道："快把美杜莎的头拿出来，否则我就把你的头砍下来！"

珀尔修斯叹了口气。

"马上，"国王说道，"不然你就死定了！"

"那么，都看看吧！"珀尔修斯大喊，声音洪亮得如同一声号角。

就在美杜莎那可怕的头颅露出的瞬间，邪恶的国王波吕得克忒斯、谋士们以及看热闹的民众都变成了石像，他们带着那个时刻的神情被永远禁锢了。随后，珀尔修斯把头颅塞进魔法袋，他要去找母亲，并告诉她从今往后再也不用害怕邪恶的波吕得克忒斯国王了。

❈ PART 3　故事结束后

地点：坦格活德庄园的门廊

"故事讲完了，你们觉得怎样？"尤斯塔斯问。

"哦，好听好听！"报春花拍着手说道，"那些可笑的老婆婆居然只有一只眼睛，我从没听说过这么奇怪的事儿。"

"至于那一颗大牙，她们也换来换去的，"报春花说，"也没什么了不起，肯定是假牙。但你把墨丘利说成水银，还编出他有个姐姐，就太可笑了！"

"难道她不是他的姐姐吗？"尤斯塔斯·布莱特问，"早知道这样，我把她说成一个爱把猫头鹰当宠物的少女好了！"

"好吧，不管怎么说，"报春花说，"你的故事把晨雾赶跑了。"

的确，尤斯塔斯讲故事期间，雾气已经完全散去，刚才看不清的地方已经展露出一番新的景象，如同横空出世一般。大约半英里外的山谷边缘，出现了一个美丽的湖泊，湖面倒映着葱茏的树木，映照着远处的群山。此时湖面静悄悄的，微风吹不起一丝涟漪，只泛起点点波光。湖的彼岸就是跨越整个山谷的纪念碑山，尤斯塔斯·布莱特把它想象成一座巨大且披着波斯披肩的无头狮身人面像。的确，树林里秋叶色彩斑斓，用五颜六色的披肩形容再恰当不过。庄园与湖之间的低洼地带，那里的树叶似乎比山坡上的经历了更多的风霜，所以呈现出金色或深棕色，在阳光的照射下显得更加鲜亮。

秋日里和煦的阳光夹杂着仅存的薄雾洒在这片土地上，有一种说不出的柔和感。噢，多么美好的秋日啊！孩子们嬉笑着、打闹着，抓起篮子蹦蹦跳跳地出发了。尤斯塔斯表哥为了证明自己能领导他们，也连蹦带跳地做着夸张的动作，他还表演了几个谁也模仿不了的跳跃动作。他们的身后还跟着一条受人尊敬、善良的四条腿动物，它是一只名叫本的老狗，它觉得自己有责任照看这些离开父母的孩子，至于毛手毛脚的尤斯塔斯·布莱特，显然不是个让人放心的监护人！

点 金 术

我希望我碰到的一切都能变成金子!

❋ PART 1 引子

地点：影子溪边

正午时分，孩子们到达了山谷，山谷里有一条弯弯的小溪，溪水从山谷深处流出。山谷很窄，两侧是陡峭的山坡，沿着溪岸生长着茂密的树木，主要是核桃树和栗子树，其间还夹杂着几棵橡树和枫树。在夏日，茂密的枝叶相互交织着，正好挡在小溪上方，即使正午时分走在下面，也让人觉得到了黄昏时分，所以人们叫它"影子溪"。秋日里，这里又是另一番景象，树叶褪去深绿色，全都披上了金色，它们不再为小溪遮阴，而要把整个山谷照亮。即使阴天，那些黄叶也把山谷映得透亮。树下、小溪边全都落满了黄叶，好像洒上了金色的阳光。就这样，曾经是夏天避暑的好去处此刻变成了洒满阳光的地方。

小溪在金灿灿的小路上欢快地流淌，停下来就形成了一个水潭，里面的小鱼欢乐地游来游去。然而，小溪只停留了一会儿，就以更快的速度奔向湖泊。途中它似乎忘了看路，一头撞到了横亘在溪流的树根上。此刻，你如果能听懂它喋喋不休的抱怨声，一定会笑个不停。一路上，它仍不停地自言自语，就好像闯入迷宫一样。我想，当它看到昏暗的山谷变得如此明亮、听到孩子的欢声笑语时，一定特别惊讶，可能会以最快的速度溜走，躲进湖泊的怀抱。

影子溪边，尤斯塔斯·布莱特和孩子们准备饱餐一顿。他们把篮子里的食物放在树桩上或者长满青苔的树干上，愉快地吃了起来。这顿午餐真的太丰盛啦！享用完美食后，大家都撑得不想动了。

"我们就在这里休息会儿吧，"几个孩子说，"尤斯塔斯表哥，再给我们讲个好听的故事。"

此时，尤斯塔斯和孩子们一样，一点儿也不想动了，而且他真的很疲倦。就在这个难忘的上午，他让蒲公英、三叶草、流星花和毛茛相信他也有一双带翅膀的鞋了。他们看到尤斯塔斯前一秒还站在地上，下一秒就到了核桃树的树顶，然后使劲儿摇晃核桃树，核桃就噼里啪啦地掉在他们头上，他们忙用小手捡到篮子里。怎么说呢，尤斯塔斯上蹿下跳，灵活得像只松鼠，或者说像只猴子。这会儿他躺在黄灿灿的落叶上，就想舒服地睡上一觉。但孩子们才不理会你是否很累，他们会一直缠着你讲故事。

"尤斯塔斯表哥，"流星花说，"你讲的《戈耳工的头》真好听，你能再给我们讲个好听的故事吗？"

"当然可以啊，孩子们。"尤斯塔斯一边说，一边拉了拉帽檐盖住眼睛，像是要打盹儿，"好听的故事岂止一个？只要我愿意，讲一打也没问题。"

"哦，报春花和小长春花，你们听到他说的了吗？"流星花高兴地说道，"尤斯塔斯表哥要给我们讲一打比《戈耳工的头》更好听的故事！"

"我还没答应给你讲呢，你这小傻瓜！"尤斯塔斯假装不耐烦地说，"不过，我觉得我必须讲，这可能是名声在外的后果。我宁愿自己现在笨嘴拙舌，或者从来没有显露出我的聪明，这样我就可以安安静静地睡一觉了。"

我想我以前已经暗示过，尤斯塔斯喜欢讲故事，就像孩子们喜欢听故事一样。讲故事时，他的心灵处于一种自由自在、愉快幸福的状态，几乎不需要任何外在的力量，他那灵活的头脑就能转个不停。

因此，尤斯塔斯不再耽搁，讲起了下面的故事。之所以讲这个故事，是因为尤斯塔斯躺着望向树冠，看着秋天如何把每一片绿叶变成最纯净的黄色时，他的脑海里闪现出这个故事。而这种神奇的变化，我们所有人都曾亲眼看见，它和尤斯塔斯将要讲的迈达斯的故事一样神奇。

❋ PART 2　故事开始啦

从前，有个非常富有的国王，他的名字叫迈达斯。他有一个小女儿，貌似除了我，没有人听说过她。我不知道她叫什么名字，或者原本知道但后来忘记了，好在我喜欢给小女孩儿取名字，而给国王小女儿取的名字是玛丽金。

迈达斯国王这个人有个特殊的癖好，他喜欢金子胜过世界上任何东西。他非常喜欢自己的王冠，因为它由珍贵的金子打造而成。如果说他还喜欢什么，或者有金子一半重要，那必定是整天在他脚凳旁欢快玩耍的女儿了。迈达斯越是爱他的女儿，就越渴望拥有更多的财富。这个愚蠢的家伙认为，又大又亮的金币是送给女儿最好的礼物。因此，他把他所有的精力和时间都放在了收集金子上。如果瞥见夕阳下金色的云朵，他立刻会想，要是它们变成真正的金子该多好，他会把它们塞进自己的保险箱里。当小玛丽金拿着一束毛茛跑去迎接他时，他总说："乖女儿！这些金色的花只是颜色像金子，根本不值得去采！"

然而，迈达斯在年轻时并没有被这种疯狂的欲望支配。他曾经很喜欢鲜花，为此他特意建造了一座花园，里面长着普通人见所未见、闻所未闻的硕大的、美丽的玫瑰花。现在花园里的玫瑰花依然开得那么大、那么美丽，还散发着迷人的香气。以前迈达斯整天盯着它们，很享受地闻着它们的芳香。但现在，他再看到这些花时，只想让这些玫瑰花都变成金子，并且计算能值多少钱。他曾经还痴迷音乐，但现在他唯一喜欢的声音，就是金币相互碰撞时发出的叮当声。

人们需要不断反省才能变得明智，否则只会越来越愚蠢。现在的迈达斯已变得不可理喻，他不能忍受任何不是金子做成的东西，甚至到了连看也不想看、碰都不想碰的地步。因此，他每天大部分时间会待在一间阴暗沉闷的屋子里，那是宫殿的地下室，里面放着他所有的财富。每当迈达斯想让自己开心时，就会来到这间比地牢好不了多少的地下室。迈达斯进去之后，先小心地锁好门，之后从阴暗的角落里拿出一袋金灿灿的金币，端起一个脸盆那么大的金盒子，掂量一根有分量的金条，或者舀勺金粉，放在从窗户外面射进来的那束明亮的阳光下。他很喜欢这束阳光，因为它会让他的宝贝发出耀眼的光芒。随后，他会仔细地数着袋子里的每一枚金币，或者把金条抛在空中，等到它落下时再接住；他还喜欢

让金粉从自己指间慢慢滑落；有时，他还会盯着映在金杯上的自己那张滑稽的脸，并自言自语地说："啊，迈达斯，富有的迈达斯国王，你是一个多么幸福的人啊！"那张脸好像知晓一切，也咧嘴对他笑，似乎在嘲笑他的愚蠢。

迈达斯认为自己是一个幸福的人，但又觉得自己还不够幸福，只有把全世界的财富都装进他的地下室，他才能达到幸福的最高点。

孩子们，你们非常聪明，根本不用我提醒，你们也会知道，在很久很久以前，也就是迈达斯国王生活的那个年代，发生了很多事情，这些事情如果发生在我们身边，你们会觉得匪夷所思。反过来，现在发生的、在我们看来奇妙的事，古人们看到了也会觉得不可思议。总之，我认为我们所处的时代更神奇一些。接下来，我要继续讲故事了。

一天，迈达斯像往常一样躲在他的地下室里，他忽然看见一个影子出现在成堆的金子上，那是一个年轻人，看起来神采奕奕，此刻正笑眯眯地看着他。不知道是迈达斯国王眼里的一切都蒙上了金色的光，还是其他原因，他感觉这个陌生人的微笑里带着一种金色的光芒。虽然他的身影挡住了那束光，但屋子里的金子似乎比以前更明亮了，即使最阴暗的角落也有了光芒，而当陌生人笑起来时，就像用无数火把照亮了整个屋子。

迈达斯清楚自己已经把大门锁好，任何人都不可能破门而入。他当即断定此人不是等闲之辈。告诉你们此人是谁并不重要。在那个年代，地球是那些拥有法力的神仙们的乐园，他们喜欢了解这里男女老少的喜怒哀乐。迈达斯以前见过神仙，现在又碰上一个，这并没让他大惊小怪。而且，眼前的这个陌生人看上去非常和蔼，即使不是前来赐福的，也没有理由去怀疑他会带来灾祸。他很可能是来赐予迈达斯恩惠的。但除了帮自己收集财富，他还能做什么呢？

陌生人朝整个房间看了看，那灿烂的笑容照亮了所有的金子，之后他转向迈达斯。

"我的朋友迈达斯，你真是个有钱人！"他说，"我相信世界上没有哪间屋子的金子比你这间多。"

"我也觉得自己做得很好，确实很好。"迈达斯带着不满的语气回答，"不过，这毕竟是件小事。你想想看，我花了一辈子的时间才弄来这么点金子。要是我能活一千年的话，倒可以变得足够富有！"

"什么！"陌生人叫道，"听起来你并不满足？"

迈达斯摇了摇头。

"那我问你，怎样才能让你满足呢？"陌生人问，"我只是很好奇，特别想听听。"

迈达斯想了想，他有种预感，这位笑容灿烂的陌生人一定可以满足他的愿望。现在可是个好机会，他只要说出来，就能得到他想要的一切可能或看似不可能的东西。他想啊想，终于想到了一个好主意，这个主意散发着金色光芒，就像他所喜爱的金子一样。

他抬起头，看着陌生人光芒四射的脸庞。

"好了，迈达斯，"陌生人说，"你似乎想到怎样才能让自己心满意足的愿望了，那就说出来吧！"

"是这样的，"迈达斯回答，"我已拼尽全力，但是收集到的金子还是很少，我不想这么辛苦了，我希望我触碰到的一切都能变成金子。"

那个陌生人突然大笑起来，整个屋子又被照亮了，就像灿烂的阳光照进昏暗的山谷一样，那些金子和金沙也像阳光照在秋天的黄叶上那样耀眼。"点金术可以满足你的愿望！"他说道，"迈达斯，我的朋友，你的主意确实不错！不过，这样真的能让你满足吗？"

"当然，为什么不能满足？"迈达斯说。

"我是说，你永远不会后悔吗？"

"除了这个愿望，还有什么能满足我？"迈达斯说，"只要能让我幸福，别的我都可以舍弃。"

"那就照你的意思办吧。"陌生人一面回答着，一面挥手告别，"明天日出的时候，你就能使用点金术了。"

突然，陌生人身上发出刺眼的光芒，迈达斯不由自主地闭上眼睛。等他再睁开眼时，他看到的还是原来那束微弱的光，还有他毕生积累的那成堆的金子。

当天晚上，迈达斯睡得好不好，故事并没有提及，但我猜他的心里一定充满期待，就像孩子期待第二天醒来会得到新玩具一样。第一缕曙光刚爬上群山，迈达斯国王就醒了，刚睁开眼，他就摸了摸身边的东西，想知道自己是否拥有了点金术。他先把手指放在床边的椅子上试了试，后来又放在其他物品上，但都没有变化，这让他有点失望。他担心自己只是做了一个梦，或者那个陌生人只是想捉弄他。

其实这时天还没有大亮，灰蒙蒙的天边只有一道微弱的亮光，还看不到太阳。等到清晨的第一缕阳光透过窗户照进来、把他头上的天花板染成金色时，他变得又惊又喜。这束明亮的光反射到白色的亚麻布床罩上时，他发现床罩变成了最纯、最明亮的黄金编织品。当第一缕阳光照射到他身上时，点金术应验了。

迈达斯兴奋地跳起来，在房间里转来转去，他试图碰触一切出现在他面前的东西。他抓住一条床腿，床腿立刻变成了有凹槽的金柱子。他又想拉开窗帘，让所有人看到他的表演，而窗帘的流苏在碰到他双手的瞬间，突然变得沉甸甸的，它们变成了一团金子。他又从桌上拿起一本书，刚触碰封面，那本书立刻变成一本装帧精美、镶着金边的书，就和人们现在经常看到的烫金封面书一样。当他的手指不断翻动纸张时，那些纸张全都变成一片片金箔，但里面记录的文字却变得难以认出。之后，他又开始穿衣服，却发现自己穿上了一套华丽的金缕衣，虽然有点重，但好在衣服柔软而有弹性，这让他有些沾沾自喜。他刚抽出小玛丽金为他绣好的手帕，它立刻变成了金手帕，连上面绣图案的线也变成了金线。

这多少让迈达斯国王有些失落，他宁愿女儿的针线活儿保持原样，就像她爬上他的膝头将它放在他手里时那样。

不过，这点小事并没有让迈达斯烦恼多久。他从口袋里掏出眼镜，打算戴上，想更清楚地看到自己的表演。在那个时代，普通人戴的眼镜还没有发明出来，但国王们已经可以戴了，要不迈达斯国王怎么会有呢？然而，令迈达斯非常困惑的是，尽管这副眼镜很好，他却什么都看不清。迈达斯摘下眼镜一看，透明的镜片已经变成金子做的镜片，眼镜虽然变得昂贵了，但它失去了眼镜的功能。这让迈达斯感到不适应。尽管他变得很富有，却再也不能拥有一副可以使用的眼镜了。

"不过，这没什么大不了的。"他自言自语道，"我们不能在享受好处的同时，忍受不了一点儿不便。点金术又不会让我丧失视力，只是损失一副眼镜而已。不戴眼镜我也看得到，看不清字也没事，再说小玛丽金很快就长大了，到时可以念给我听。"

迈达斯国王因这突如其来的好运变得异常兴奋，以至于他觉得宫殿不够宽敞，不足以展示他的表演。于是他决定到楼下看看。下楼时，被他的手碰过的楼梯栏杆立刻变成了金栏杆，他心满意足地笑了。他打开用黄铜做的门闩，门闩立刻变成了金子。他走进花园，这里盛开着许多美丽的玫瑰花。晨风中它们散发着迷人的香气，那娇艳的红色是世界上最美丽的颜色。

但迈达斯想把它们全都变成金子。于是，他从一个花丛走到另一个花丛，一刻不停地施展他那神奇的魔法，直到每一朵花、每一个蓓蕾，甚至花蕊上的虫子都变成了金子，他才心满意足地停下来。做完这些后，侍者请迈达斯用早餐，早晨新鲜的空气使他胃口大好，他兴致勃勃地回到宫殿。

在迈达斯生活的时代，王室早餐到底有什么，我无法详细调查。据我所知，在这个特别的早晨，国王的餐桌上摆放着一块刚出炉、香喷喷的蛋糕、一些美味的鳟鱼、几个烤土豆、几枚新鲜的煮蛋，还有迈达斯喜爱的咖啡。女儿玛丽金的早餐则是一块面包和一杯牛奶。无论如何，这些精致的食物都够得上呈献给国王的标准，迈达斯不可能再享用更加讲究的早餐了。

玛丽金此时还没有露面，迈达斯先在餐桌旁坐下，并吩咐侍者把女儿叫来。我要为迈达斯说句公道话，他真的很疼爱他的女儿，并且由于早上好运的降临，让他更加疼爱她了。没过多久，他就听见过道传来女儿的哭声，这让他感到吃惊，因为玛丽金是一个非常快乐的孩子，一年到头很少看到她掉眼泪。听到她的哭声，迈达斯决定给她一个惊喜。于是，他隔着桌子摸了摸女儿的碗，那是一个瓷碗，上面画满了漂亮的图案，被他触碰后就变成了亮闪闪的金碗。

这时，玛丽金闷闷不乐地打开门，慢吞吞地走了进来，她仍然抽泣着，时不时用手帕擦着眼睛，似乎难过得心都要碎了。

"怎么了，我的小可爱？"迈达斯急忙问道，"一大早就不开心吗？"玛丽金一边擦着眼睛一边伸出手，手里拿着刚刚被迈达斯施了魔法的金玫瑰。

"美极啦！"迈达斯说道，"这朵美丽的金玫瑰怎么把你惹哭了？"

"啊，亲爱的父亲，"玛丽金一边抽泣一边回答说，"它一点儿也不漂亮，它是世界上最难看的花！我一穿好衣服就跑到花园里，想给你摘一些玫瑰，因为我知道你喜欢玫瑰，更喜欢女儿亲手为你摘的玫瑰。但是，亲爱的父亲，你猜发生了什么？真是太糟糕了！所有美丽的玫瑰花都被毁掉了，那些芳香扑鼻的玫瑰花全都枯萎了！就像这一朵，全都变黄了，不再有香味了！它们到底怎么了？"

"啊，我的乖宝贝儿，不哭了好不好？"迈达斯说，他并不太愿意承认是自己造成了女儿的痛苦，"来，快坐下，享用你的面包和牛奶！想想吧，一朵金玫瑰可以保存几百年，而普通的玫瑰几天就枯萎了。"

"我不喜欢金玫瑰，"玛丽金边说边嫌弃地把它扔到一边，"它一点儿也不香，硬硬的花瓣还弄疼了我的鼻子！"

小女孩儿虽然坐到了桌边，但她依然沉浸在悲伤中，没有注意到她的瓷碗也发生了变化。这未尝不是件好事，因为玛丽金很喜欢碗上画的小人儿、奇怪的树木和房屋，吃饭时总是盯着它们看，但这些都消失了，她能好好吃饭了。

这时，迈达斯拿起咖啡壶准备倒一杯咖啡，当他放下咖啡壶时，它已经变成了金壶。他心里想，一个生活习惯简朴的国王，现在连餐具都是金的，这未免太奢侈了。同时，他开始为保管它们而犯愁，因为碗橱和厨房不再适合存放金碗和金壶这些贵重物品了。

迈达斯一边想着一边把一勺咖啡送到嘴里，只抿了一口，他就惊奇地发现，咖啡变成了熔化的金子，随后又凝固成一块。

"啊！"迈达斯大叫一声。

"怎么了，父亲？"小玛丽金盯着他问，眼里仍然含着泪水。

"没事，孩子，"迈达斯说，"牛奶要凉了，快趁热喝吧。"

随后，他从盘子里取出小鳟鱼，用手指摸了摸鱼的尾巴，令他震惊的是，它立刻从一条煎鱼变成了硬邦邦的金鱼，这条金鱼可不是放在玻璃缸里供人观赏的金鱼，而是用黄金制成的鱼。它的鳍变成了薄薄的金片，鱼骨变成了金线，鱼身上甚至还有叉子的痕迹。你或许会想，这真是一件做工精致的纯金艺术品，但迈达斯完全没有心情欣赏它，他宁愿盘子里是一条真正的鳟鱼。

"事情有些不妙！"他心里想，"怎样才能吃到早餐呢？"

迈达斯又拿起一块冒着热气儿的蛋糕，刚一掰开，他就绝望了。那块用小麦面粉做成的白色蛋糕，已经变成金黄色，就好像是用黄色的玉米面做成的，但它那坚硬的外表以及不断增加的重量让迈达斯明白，这不是用玉米面做成的蛋糕，而是一块金子。他又绝望地拿起一个煮蛋，像之前的鳟鱼和蛋糕一样，煮蛋立刻变成了金蛋。

"好吧，真让人恼火！"迈达斯无力地靠在椅子上，看着身边的小玛丽金津津有味地吃着早餐，"这么丰盛的早餐摆在我面前，我却吃不到！"

迈达斯心想，如果我的动作快一点，是不是就能解决掉眼前的麻烦？于是，他抓起一个热土豆，匆忙塞进嘴里，打算一口吞下。可是，点金术太灵验了，他发现自己嘴里塞的并不是软糯的土豆，而是硬邦邦的金疙瘩。此刻金疙瘩烫到他的舌头，他大声叫了起来，从桌边一跃而起，开始在房间里乱窜，样子显得既痛苦又狰狞。

"父亲，亲爱的父亲，"小玛丽金叫道，"出什么事了？你嘴巴怎么了？"

"啊，亲爱的孩子，"迈达斯痛苦地呻吟着，"真不知道你可怜的父亲为什么要受这样的折磨！"

说真的，我亲爱的小朋友们，你们听过这么悲伤的故事吗？虽然国王面前摆着最丰盛的早餐，但却毫无意义，穷人就着凉水啃干面包，也要比迈达斯国王幸福得多。接下来该怎么办呢？早餐时迈达斯已经有点饿了，到了午餐他能不饿吗？晚餐时一定会和早餐时一样，摆在眼前的美味食物变成消化不了的金子。你们想啊，如果持续这样，他还能活几天？

迈达斯国王十分苦恼，他开始怀疑金子是否真的是世界上唯一值得追求的东西，或者是最值得追求的东西。但这个想法只在他的脑海中停留了一下就消失了。他痴迷于金子，怎么可能为了一顿微不足道的早餐就放弃点金术呢！想象一下，为了吃一顿饭要付出多大的代价！这相当于用数以万计的黄金买一些煎鳟鱼、一枚鸡蛋、一个土豆、一块热蛋糕和一杯咖啡。

"代价简直太大了！"迈达斯想。饥饿的他此时毫无办法，他开始痛苦地呻吟。可爱的玛丽金再也忍不住了，她呆呆地望着父亲，想用自己的全部智慧弄明白亲爱的父亲到底遭遇了什么。随后，她从椅子上跳了下来，深情地搂住迈达斯的膝盖，想去安慰他。迈达斯很自然地弯下腰吻了她，他觉得女儿的爱比他用点金术所得到的东西贵重 1 000 倍。

"我的宝贝，可爱的玛丽金！"他叫道。

但是玛丽金没有回应。

天哪，迈达斯对心爱的女儿做了什么？这个陌生人的礼物太可怕了！迈达斯的嘴唇碰到玛丽金额头的瞬间，一切都变了。她那柔软的小身躯在父亲的怀中变得僵硬，毫无生气。啊，这简直是可怕的灾难！正是他的贪得无厌害了可怜的玛丽金，让她从一个活生生的孩子变成了一尊金色的雕像。

是的，她成了一尊金像。我想这是人类所见过的最凄美的景象。玛丽金的身形样貌都没有改变，连她脸上那可爱的小酒窝也保留着。但是，她的样子越逼真，迈达斯就越痛苦，因为这是他唯一的女儿。每当迈达斯向女儿表达他的爱意时，他最喜欢说的一句话是："你是我的千金。"这句话如今应验了。迈达斯终于意识到，女儿那颗温暖、体贴、爱他的心比天地间收集来的一切财富都要珍贵。可是，一切都晚了！

这真是一个悲伤的故事，欲望得到彻底满足的迈达斯只能扭绞双手，暗自恸哭。此刻他矛盾至极，他既不忍心看到

玛丽金变成雕像，又一刻不愿把目光从她身上移开。除非他一直盯着雕像，否则他不相信女儿变成了金子。迈达斯偷偷地瞥了一眼，看到雕像黄色的脸颊上还挂着金黄的泪珠，哀怨的表情中带着一丝温柔，似乎能让坚硬的金子变得柔软，使她变回血肉之躯。可惜一切都是徒劳。迈达斯只能绞着双手许下愿望，如果能用财富换回女儿的生命，即使让他变得一贫如洗，他也毫不在意。

就在迈达斯心乱如麻的时候，那个陌生人又站在了门口。迈达斯仍然低着头，一句话也不说，他痛恨这个给他带来灾难的陌生人。陌生人的脸上仍然挂着微笑，让整个房间散发着耀眼的光芒，既照在小玛丽金的雕像上，也照在其他被迈达斯变成金子的物件上。

"迈达斯，我的朋友，"陌生人说，"你的点金术用得怎么样？"迈达斯摇着头说："我很痛苦，真是太悲惨了！"

陌生人叫道："怎么会这样呢？我已经履行了我的诺言，你的愿望不是得到满足了吗？"

迈达斯回答说："金子不是万能的，我失去了我最珍爱的。"

"啊！你的想法和昨天有些不一样了，"陌生人说，"现在让我们看看，你认为这两样东西哪一样最有价值？是点金术，还是一杯清水？"

"当然是水，"迈达斯喊道，"点金术并不能滋润我干渴的喉咙。"

陌生人接着说："那点金术和一块面包呢？"

迈达斯回答说："一块面包足以抵得上世上所有的黄金。"

"你选择要点金术，"陌生人问，"还是要像一小时前那样活泼可爱的小玛丽金？"

"我要孩子，我亲爱的孩子！"可怜的迈达斯叫道，"即使能把整个世界变成金子的点金术，也抵不上我女儿脸颊上的小酒窝。"

"迈达斯国王，你比以前聪明了，"陌生人严肃地说，"你的心还没有完全被金子吞噬。如果你的心里只剩下金子，那就糟糕了。好在你幡然醒悟，发现我们已经拥有的那些看似平凡的东西，比很多凡人追逐的财富更加珍贵。现在告诉我，你真的想放弃点金术吗？"

"我讨厌它！"迈达斯回答说。

这时，一只苍蝇落在他的鼻子上，但又马上掉到了地上，因为苍蝇也变成了金苍蝇。看到这一场面，迈达斯不禁打了个寒战。

"去吧，"陌生人说，"跳进你花园的那条河里，同时带回一罐水，把它洒在任何你想变回原样儿的东西上。如果你真心悔过，说不定可以修正自己因贪婪而犯下的错误。"

迈达斯向陌生人深深地鞠了一躬，当他抬起头时，那个陌生人已经消失了。

正如你们猜想的那样，迈达斯立刻抓起一个大陶罐向河边奔去，尽管它已经变成金罐。他飞快地跑着，穿过灌木丛，身后的叶子立刻变成了金黄色，仿佛已经到了金秋。到了河边，他连鞋子都没脱，就一头扎进河里。

"噗！噗！噗！"迈达斯喷了几口水并说道，"哈！这个澡洗得真畅快，点金术一定被洗掉了，现在我该把罐子灌满水了。"

当金罐浸在水里时，立刻变成了原来的陶罐。迈达斯开心极了，也感受到内心发生了变化，胸口那块冰冷、坚硬、沉重的金属仿佛已经消失。是的，他的心一度丧失人类器官的特质，变成了冷冰冰的金属，现在又变得有血有肉了。迈达斯看到河岸上有一株紫罗兰，试着用手指碰了碰它，这朵娇嫩的花并没有变成金花，还是明艳的紫色。看来点金术的诅咒完全从他身上消除了。

迈达斯急忙赶到宫殿，当仆人们看到国王小心翼翼地拿着一罐水回来时，都猜不出他要干什么。但在迈达斯眼中，这水十分珍贵，可以弥补因他的愚蠢所造成的一切错误。迈达斯做的第一件事，就是把水一捧一捧地洒在玛丽金的雕像上。

水刚洒在玛丽金身上，她的脸颊就变得红扑扑的。这个可爱的小女孩儿打了个喷嚏，震得身上的水花四溅。她发现自己变得湿漉漉的，父亲却还在不停地往她身上洒水。

"停下，亲爱的父亲，"她叫道，"你把我早上刚穿的漂亮长裙弄湿了！"

玛丽金根本不知道自己曾变成了一尊冰冷的金像；她伸出双臂去安慰父亲之后发生的事情，她也不可能记得。

迈达斯觉得没必要告诉她自己之前是多么愚蠢，但他现在想展现一下自己已经变聪明了。为此，他带着小玛丽金来到花园，把剩下的水洒在玫瑰丛中，5 000 多枝美丽的玫瑰又重新绽放。在迈达斯国王的有生之年，有两件事情常常提醒他"他曾经拥有点金术"。一件是河沙像金子一样闪闪发光，另一件是小玛丽金的头发变成了金黄色，她在变成雕像之前不是这样的。这种颜色的变化也许是一件好事儿，玛丽金现在的头发比之前更漂亮了。

后来，迈达斯国王老了，他常常把玛丽金的孩子抱在腿上，给他们讲这段奇遇，就像我现在给你们讲一样。每次他都会抚摸他们金色的卷发，告诉他们，这一头金发是从他们的妈妈那里遗传来的。

“说实话，亲爱的孩子们，”迈达斯国王一边不停地在腿上晃着孩子们，一边说，“从那天早上起，我就讨厌看到所有的金色，除了你们这头金发！”

PART 3　故事结束后

地点：影子溪

“喂，孩子们，你们听过比《点金术》更好听的故事吗？”尤斯塔斯问。能够从听众那里得到真实的反馈，会让他很享受。

“噢，关于迈达斯国王的故事，”顽皮的报春花说，“早在尤斯塔斯先生出生前的几千年前，它就很出名了。不过，有些人拥有一种特殊的本领，我就叫它‘点铅术’吧，他能把所有的故事变得枯燥且沉重。”

“报春花，虽然你只有十来岁，却是个聪明的孩子。”听到如此尖刻的评价，尤斯塔斯吃了一惊，“你这个小调皮鬼一定清楚，我改编了这个故事，让它焕发了新的色彩。我巧妙地把故事的主题提炼出来，并升华了它，你没发现吗？香蕨木、蒲公英、三叶草、小长春花，你们也说说，听了这个故事后，还会有人愚蠢地想要拥有点石成金的能力吗？"

"我想拥有，"十岁的小长春花说，"我希望我的右手食指能把一切变成金子，但如果我不喜欢的话，就用左手食指再把它变回来。真希望我拥有点金术，这样下午我就有事情做了。"

"你想做什么？"尤斯塔斯问。

小长春花回答说："噢，我要用左手食指触摸树上每一片金色的叶子，让它们重新变绿，这样我们就可以回到夏天啦，而世上再也不会有讨厌的冬天。"

"小长春花，"尤斯塔斯惊叫道，"你错了，这样会惹出大麻烦的。如果我是迈达斯的话，我只想把每一天都变成这样的金色日子。我最好的想法总是姗姗来迟，为什么我没有给你们讲，年迈的迈达斯国王来到美国，他把其他地方昏暗的秋景全变得像这里一样光彩照人。我要让他给大自然这本巨著的每一页都涂上金色。"

"尤斯塔斯表哥，玛丽金有多高，她变成金子后有多重？"乖孩子香蕨木问。他总是特别爱问巨人有多高和仙女有多矮之类的问题。

"她差不多和你一样高，"尤斯塔斯回答，"由于金子很重，所以说她至少有 2 000 磅重，如果铸成金币的话，说不定得有三四万枚。我真希望报春花能有她一半值钱。来吧，小家伙们，让我们走出山谷，到别的地方转转吧！"

此时是午后一两点钟，西斜的太阳照亮了整个谷底，山谷像一个斟满了黄金酒的酒杯，散发着柔和的光，并溢到四周的山坡上。不得不说，今天又是美好的一天。此刻，相信你若置身其中，也会禁不住感慨："以前从来没见过这样的好天气！"其实昨天就是个好天气，明天也将继续，但在一年的十二个月里，这样的好天气确实少得可怜。十月份有个明显的特点，即每一天都那么多姿多彩。尽管在这个月份里，太阳总是很晚才升起，而且像小孩子一样，一到傍晚六点钟甚至更早的时间就落下去睡觉，但它似乎以某种方式让我们的生活变得多姿多彩，从而弥补时光短促的遗憾。当凉凉的秋夜降临时，我们会意识到，自清晨以来，我们享受了足够长的美好时光。

"来吧，孩子们，快点！"尤斯塔斯·布莱特说道，"再捡点坚果，多捡点，多捡点，装满所有的篮子！到圣诞节时我会撬开它们，还会给你们讲好听的故事。"

所有的人都精神抖擞地行动起来，小蒲公英除外。很遗憾地告诉大家，小蒲公英刚才坐到了一个板栗的刺球上。天哪，他肯定被扎得特别疼！

孩子们的乐园

厄庇米修斯，这个盒子里装的是什么？

✹ PART 1　简单介绍

地点：坦格活德庄园儿童游戏室

　　和往年一样，今年的金色十月过得飞快，接下来的褐色十一月也过得飞快，这不，寒冷的十二月也过去了大半。万众瞩目的圣诞节终于来了，尤斯塔斯·布莱特也回来了，他的出现让节日气氛更加浓厚。在他从学校回来的第二天，就迎来了暴风雪。在此之前，这里根本没有一丝入冬的迹象，让我们度过了很多温暖的日子，一如冬天老人那布满皱纹的脸上露出的微笑一样。

　　一些背风的地方，如南面山坡，或者石栅栏附近，草一直都是绿的。现在是不可能看到绿草了，因为暴风雪太大了。在平时，从坦格活德庄园的窗边能看到二十英里以外的塔科尼克山的山顶，但现在暴风雪完全挡住了人们的视线。此时，群山变成了正在打雪仗的巨人，它们相互投掷着巨大的雪球。雪已经积得很厚了，就连山谷中间大部分的树也被大雪遮住了。但被暴风雪"囚禁"在家的孩子们，还能分辨出纪念碑山的轮廓，分辨出山下已经结冰的湖的位置，以及近处那片林地，虽然只是暴风雪中的伺机一瞥而已。

　　现在孩子们在宽敞的游戏室里，这个和客厅一样大的游戏室里堆满了大大小小的玩具。最大的是一匹摇摇马，它看起来像匹真的小马。此外，还有庞大的娃娃家族，如布娃娃、木娃娃、蜡娃娃、石膏娃娃以及瓷娃娃；有足够多的能堆起邦克山纪念碑的积木；有保龄球、皮球、响陀螺和跳绳等。与玩具相比，孩子们更喜欢这场雪。雪预示着明天甚至整个冬天都将会有许多有趣的事情做：驾雪橇从山上滑入山谷、堆雪人、建雪堡、滚雪球……

孩子们祈祷着这场雪不要停，并且开心地看着雪越积越厚，现在雪的高度已经比他们中的任何一个都高了。

"哎呀，我们可能要被困到明年春天了！"他们兴奋地叫道，"太可惜了，我们的房子太高了，雪不能盖住！那边的小红房子快埋到屋檐啦！"

"你们这些傻孩子，要那么大的雪干什么？"尤斯塔斯问，"它可是给我造成了很大的不便，我本想到这里的第一天就去滑冰！现在我渴望的滑冰计划就这样泡汤了，在明年四月之前休想看到湖面了。你不同情我吗，报春花？"

"哦，当然！"报春花笑着回答，"为了安慰你，我们再听你讲一个古老的故事吧，就像你在门廊下、在影子溪旁给我们讲的那种故事。现在我们更喜欢听故事，因为我们很闲，既没有坚果可以摘，也没有好天气可以享受。"

于是，小长春花、三叶草、香蕨木以及其他还在庄园的小伙伴都聚到尤斯塔斯身边，恳求他讲个故事。只见他打了个呵欠，伸了个懒腰，然后在椅子上来回跳了三次，并向孩子们解释，这样做是为了唤醒智慧。

"好了，好了，孩子们，"做完这些准备后，他说，"既然你们执意要我讲故事，那我想想能为你们讲些什么。为了让你们知道，在暴风雪没来之前，你们的日子是多么幸福，我要给你们讲一个最古老的故事。那时的世界就像香蕨木那个崭新的陀螺一样新，那时一年只有一个季节，就是令人向往的夏天；人类只有一个年纪，那就是童年。"

"我从没听过这些。"报春花说。

"你当然没听过。"尤斯塔斯回答，"这将是一个除我之外谁也不曾听过的故事。然而，就因为一个像报春花一样的小淘气，让一切都变了模样。"

之后，尤斯塔斯·布莱特在他刚才跳过的椅子上坐下，把小流星花抱到腿上，又让全场安静下来，就开始讲起一个叫潘多拉的小淘气和她的玩伴厄庇米修斯的故事。

✿ PART 2　故事开始啦

很久很久以前，有一个名叫厄庇米修斯的孩子，他生下来就失去了父母。为了不让他感到孤独，一个像他一样无父无母的女孩儿，从遥远的国度来到他身边，和他一起玩耍、生活，她的名字叫潘多拉。

当潘多拉走进厄庇米修斯住的小屋时，她最先看到一个大盒子，越过门槛后，她问出了第一个问题："厄庇米修斯，这个盒子里装的是什么？"

"亲爱的潘多拉，"厄庇米修斯回答说，"这是个秘密，你行行好，不要再问任何关于它的问题。有人出于安全考虑，把盒子放在了这里，我也不知道里面装的是什么。"

"是谁给你的？"潘多拉问，"它又是从哪儿来的？"

厄庇米修斯回答说："这也是个秘密。"

"真让人恼火！"潘多拉噘起嘴唇说道，"我希望那个又大又丑的盒子不要挡我的道！"

"哦，来吧，别再想它了，"厄庇米修斯喊道，"让我们到外面去，去找伙伴们玩儿。"

厄庇米修斯和潘多拉生活在几千年前，现在和他们所生活的那个时代不同。那时，每个人都是孩童模样，他们不需要父母照料，也不需要缝补衣服，还有足够的食物和水。当他们饿了，树上就会长满各种各样的食物，他们可以摘下来吃。这真是非常愉快的生活，没有劳作，也用不着钻研书本。在美好而漫长的一天里，孩子们不停地追逐打闹、唱唱跳跳，空气中还回荡着孩子们甜美的说话声、歌声以及欢笑声。

最奇妙的是，孩子们从不争吵，也没有哭过，更不会躲到角落里生闷气。哦，多么美好的时光啊！事实上，现在和蚊子一样多，并且长着翅膀、被称为"烦恼"的丑陋小怪物，在那个时候是没有的。一个孩子所拥有的最大烦恼，大概就是潘多拉不知道神秘盒子里装的是什么。

起初，这只是一个小小的烦恼。但随着时间的推移，烦恼变得越来越大，以至于厄庇米修斯和潘多拉的小屋都没有其他人的敞亮了。

"盒子是从哪里来的呢？"潘多拉不停地问厄庇米修斯，有时还自言自语，"它里面究竟装的是什么？"

终于，厄庇米修斯忍无可忍，说："你为什么总是问盒子的事儿？"他对这个问题已经烦透了。"亲爱的潘多拉，我希

望你能说点别的。或者，来吧，我们去摘些成熟的无花果，就在树下吃。我还知道有一根葡萄藤，我敢保证那里的葡萄是你吃过的最甜、最多汁的。"

"你总是谈论葡萄和无花果！"潘多拉生气地说道。

厄庇米修斯是个脾气很好的孩子，就像那个时代的大多数孩子一样，他说："那么好吧，我们去外面和伙伴们快乐玩耍吧！"

"我已经厌倦了这种无聊的快乐，即使永远失去我也不在乎！"暴躁的小潘多拉回答说，"再说了，我从来就没有快乐过。这个该死的盒子，我每时每刻都在想它。我要你告诉我里面到底是什么。"

"我已经说了50遍了，我也不知道，"厄庇米修斯有点恼火地回答，"你让我怎么告诉你里面是什么呢？"

"你可以打开它，"潘多拉斜睨着厄庇米修斯说，"然后，我们就可以自己看看里面是什么了。"

"潘多拉，你在想什么？！"厄庇米修斯喊道。

潘多拉说想要打开盒子时，厄庇米修斯脸上露出了惊慌，这个盒子是别人托付给他的，并要他承诺永远不打开它，所以他让潘多拉不要再提了。然而，潘多拉还是忍不住想起那个盒子，谈论那个盒子。

"至少，"她说，"你告诉我它是怎么到这儿的。"

厄庇米修斯回答说："就在你来之前，一个人把它放在了门口，他看起来很友好、很聪明，他放下盒子时忍不住笑了起来。他穿着一件奇怪的斗篷，戴着一顶帽子，帽檐儿似乎是用羽毛做的，所以他看起来就像长了翅膀一样。"

"他拿的是什么样的手杖？"潘多拉问。

"哦，可能是你见过的最奇怪的手杖，"厄庇米修斯形容道，"它上面缠着两条蛇，那蛇雕刻得惟妙惟肖，一开始我以为蛇是活的呢。"

"我认识他，"潘多拉若有所思地说，"它是水银的手杖，其他人没有这样的。他把我和盒子都带到了这里。毫无疑问，这个盒子是他留给我的，里面很可能是我能穿的漂亮衣服，或者是给咱俩的玩具，又或者装的好吃的。"

"也许是吧，"厄庇米修斯回答说，"但在墨丘利回来告诉我们真相之前，我们谁也没有权利打开盒子的盖儿。"

当厄庇米修斯离开小屋后，潘多拉喃喃地说："他真是个傻孩子！我真希望他的胆子大一点！"

厄庇米修斯离开小屋后独自去采了无花果和葡萄，又去了其他地方寻找能找到的快乐，而没有去找小伙伴们。他对盒子的事已经厌倦得要死，他真希望那个水银，还是叫什么名字的人，把盒子放在别的孩子的家门口，这样潘多拉永远也不会发现它。真是的，她对盒子的事喋喋不休！一直念叨盒子、盒子，除了盒子没有别的！那个盒子似乎被施了魔法，屋子好像也放不下它，潘多拉和厄庇米修斯经常被绊倒，他们的腿都被磕破了。

唉，可怜的厄庇米修斯，一天到晚耳朵里充斥着盒子，真是难受。但他却不知道如何处理。

厄庇米修斯走后，潘多拉站在那里一动不动地看着盒子。她说它很丑，说了不下 100 次了，不过，那都是口是心非的话。说实话，这是一个非常漂亮的盒子，无论放在哪个房间里，它都是很好的装饰品。它由上好的木材制成，表面布满了黑色纹理，高度抛光的表面可以清楚地映出小潘多拉的脸。

　　盒子的边边角角雕刻得非常精巧。盒子的边缘画着一些优雅的男人、女人，还有漂亮的孩子，他们在茂密的花草丛中相互倚着休息或嬉戏着。各种各样的事物都画得非常逼真，花、叶和人融合在一起，形成了一个美丽的花环。但是，有一两次潘多拉在树叶后面隐约看到了一张不太友好的脸，也可以说是一张不那么令人愉快的脸，那张脸也向外看着，似乎想把眼前的美好全都带走。然而，当她再仔细看，并且用手指触摸那个地方时，却没有发现任何丑陋的东西。潘多拉想，可能那里本来是一张很漂亮的脸，但从侧面看时就变丑陋了。

　　盖子上正中间有一张非常漂亮的脸，是用浮雕技术雕刻而成的，那张脸的额头上还戴着花环。除了那张漂亮的脸，就只剩下那黝黑而光滑锃亮的木头花纹了。潘多拉看了很多次这张脸，她想象着脸上的嘴能动起来，可以随心所欲地笑，也可以说出严肃的话。的确，这张脸带着一种非常活泼，甚至有些调皮的表情，嘴巴活灵活现，仿佛能开口说话一样。

　　如果这张嘴能开口说话，很可能是这样的："不要害怕，潘多拉！打开这个盒子又有什么害处呢？别理会那个可怜、单纯的厄庇米修斯说什么，你比他聪明，还比他勇敢 10 倍。快打开盒子吧，看看里面有什么宝贝！"

　　我差点忘了说，盒子可是锁着的，但没有用锁头，也没有用其他类似锁的装置，而是打了个非常复杂的绳结。这个结很复杂，似乎看不到头和尾，并且很巧妙地拧在一起，里里外外缠了很多层，即使是最灵巧的手指也无法解开。然而，正是因为这个结很复杂，所以潘多拉更想试试，她要看看它到底怎么解开。有两三次，她俯下身来，用拇指和食指抓住绳结犹豫着，但并没有解开它。

"我敢相信，"她对自己说，"我已经知道怎么解这个结了。也许我可以把它解开后再重新系上，这样做也没什么问题，厄庇米修斯也不会为此责怪我。就算结解开了，我也不会打开盒子的，况且，在没有得到那个傻孩子的允许前，我也不可能打开盒子。"

但凡有点东西转移一下潘多拉的注意力，她也不会老想着盒子。不过，在世界还没有任何烦恼之前，孩子们整天过着无忧无虑的生活，他们确实有很多的闲暇时间。他们不可能永远在花丛中玩捉迷藏，也不可能一直用花环蒙住双眼玩盲人游戏。当生活被玩耍占满时，劳动才是真正的娱乐。除此之外，完全没有其他事情可做。我想，潘多拉的日常顶多是打扫一遍屋子，摘一些鲜花插进花瓶里，如此，她一天的工作就做完了。在剩下的大部分时间里；她的心思全放在了那个盒子上。

我敢肯定这个盒子对潘多拉来说就是一种寄托。它让潘多拉产生了各种各样的想法，每当她与别人说话时，总能从盒子那里引出话题。当她心情好的时候，可以欣赏盒子光亮的表面、上面美丽的面孔以及茂盛的树叶。当她心情不好时，就会使劲儿推它，或者用她淘气的小脚踢它。事实上，这个盒子已经被踢了很多次，因为它即将变成一个惹祸的盒子，它罪有应得。但如果没有这个盒子，我们头脑活跃的小潘多拉真不知道该如何打发她的时间。

潘多拉一直在没完没了地猜想盒子里面究竟是什么。想象一下，我的小听众们，如果房子里有一个大盒子，你觉得你会像潘多拉一样好奇吗？如果把盒子留给你一个人，你会不会想立刻掀开盒盖呢？哦！千万别这么干！但潘多拉不听劝，她就像我身边的小女孩儿一样，急切地想偷看一眼。

就在某一天，潘多拉的好奇心达到了顶点，最终，她靠近盒子，并决定打开它。啊，淘气的潘多拉！

在打开之前，她先试着把它举起来，不过它太重了，对于潘多拉这样瘦弱的女孩儿来说难以承受。她把盒子抬到离地板几英寸的地方时，不小心摔了下去。砰！盒子发出一声很响的撞击声。过了一会儿，她似乎听到盒子里有什么东西在动，她想确定一下，于是把耳朵凑到盒子旁仔细听。的确，里面似乎传出微弱的声音。莫非是潘多拉出现了幻听，或者是她心脏跳动的声音？但不管怎么样，她的好奇心比之前更强烈了。

当她缩回头时，她的目光落在了那个绳结上。

潘多拉自言自语地说："系这个结的人一定心灵手巧，不过我认为自己还是能解开它的，我至少能找到绳子的头和尾。"

于是，她用手指捏住绳结，试着往那错综复杂的结里探去。那个时候，她完全沉浸在如何解开那个结中，完全处于无意识状态，或者根本不知道自己在干什么。这时，明亮的阳光从开着的窗户照进来，同时传来远处孩子们欢快的嬉闹声，也许厄庇米修斯也在其中。如果潘多拉不再想那个烦人的结，不再想打开盒子，而是跑去和小伙伴们一起快乐地玩耍，该是多么美好的一天啊！

可是，她的手指没有停下来，还在一刻不停地解着绳结，她无意间看了一眼盖子上那张戴着花环的脸，它似乎对她露出了狡黠的微笑。

"那张脸看起来真调皮，"潘多拉想，"我不知道它是不是在笑我做傻事，我最好以最快的速度离开这里！"

就在这时，她偶然把绳结拧了一下，就发生了不可思议的一幕。绳子像被施了魔法一样自己解开了，现在盒子可以轻易打开了。

"这是我所见过的最奇怪的事情！"潘多拉说，"厄庇米修斯会怎么说呢？我怎样把它重新系起来呢？"

她试图让绳结恢复原样，试了一两次，就意识到这完全超出了她的能力范围。绳子就这样突然解开了，她一点儿也想不起来绳结是如何系的。她努力回忆那个结的原样，但似乎完全忘了。因此，在厄庇米修斯进来之前，除了让盒子保持现状，没有更好的办法了。

"但是，"潘多拉想，"当他发现绳结被解开，他就知道是我解开的。我怎样才能让他相信我没有看过盒子里的东西呢？"

这时，她那小脑瓜儿飞快地转动，立刻想出一个主意：既然厄庇米修斯肯定会怀疑我看了盒子，我不如立刻看一下。哦，淘气且愚蠢的潘多拉！你此刻应该想着只做正确的事，避免做错误的事，而不是害怕你的玩伴厄庇米修斯会说什么或怀疑什么。如果盖子上那张被施了魔法的脸没有蛊惑地看着她，如果她没有比刚才更清楚地听到盒子里的说话声，也许她不会打开盖子。她说不清楚是自己的幻想还是真的听到了，她的耳边总是响起一阵叽叽喳喳的说话声，或者是她的好奇心在低声说：

"让我们出去吧，亲爱的潘多拉，求求你，让我们出去吧！只要你放我们出去，我们会是你的好伙伴！"

"那会是什么？盒子里有什么生物？"潘多拉想，"嗯，是的！我就偷偷看一眼是什么！就一眼，没什么大不了的，然后我马上盖上，这样它会像以前一样安全！"

此刻，让我们来看看厄庇米修斯在做什么。

自他和潘多拉住在一起以来，这是他第一次独自享受没有她参与的快乐时光，却不怎么顺利，他开心不起来。他既没有找到甜葡萄，也没找到成熟的无花果，偶尔找到一个成熟的，却已经熟透了，甜得发腻。他此时失去了快乐，失去了平时那种发自肺腑的快乐。总之，他变得不安，变得焦躁。其他小伙伴不知道厄庇米修斯到底怎么了，他自己也不知道是什么让他苦恼。

于是，厄庇米修斯停止玩游戏，此刻他想回到潘多拉身边，因为只有潘多拉的幽默能让他开心。为了让潘多拉高兴，他还采了一些花，并把它们编成一个花环，待会儿他要把花环戴在她的头上。这些花中不仅有玫瑰花、百合花，还有其他的花儿，它们娇艳欲滴，当厄庇米修斯把它们拿在手里时，他的身后留下了阵阵芬芳。我总觉得小女孩儿的手指最适合编织花环，但事实并非如此，在那个时代，花环通常是由男孩儿编成的。

这里我需要提醒一下，在这之前，一大片乌云已经弥漫在天空，但它还没有遮住太阳。但就在厄庇米修斯走到小屋门口时，这片乌云恰好挡住了阳光，大地瞬间变得阴沉沉的。

他轻轻地走进小屋，打算偷偷走到潘多拉身后，在她觉察到他之前，把花环戴到她头上。事实上，他根本没必要轻手轻脚，就算他发出很大声音，潘多拉也不会听到，她正沉浸在自己的世界中。在他走进小屋的那一刻，顽皮的潘多拉已经把手放在盒盖上，正要打开那个神秘的盒子。如果此时厄庇米修

斯大叫一声，潘多拉可能会立刻抽回手，那么盒子的秘密可能永远不会被发现。但厄庇米修斯并没有出声，只是静静地注视着她。

虽然厄庇米修斯很少谈论这个盒子，却也对它充满了好奇，也想知道里面装着什么。看到潘多拉执意打开盒子，他决定不能让他的玩伴成为屋子里唯一知道盒子秘密的人。如果盒子里有什么漂亮或有价值的东西，他打算从潘多拉那里拿走一半。之前厄庇米修斯对潘多拉说了那么多阻止她打开盒子的话，现在却变得和她一样愚蠢。如此看来，他和潘多拉都有过错。所以，当我们要指责潘多拉时，一定不要忘了厄庇米修斯这个帮凶。

当潘多拉掀开盒盖时，乌云正好把太阳遮得严严实实，似乎要把它吞掉一样。此时屋子里的光线也暗了下来，但潘多拉根本没注意到现在发生的一切。她小心翼翼地把盒盖掀开，好奇地往里面看。突然一群带翅膀的生物从她身边掠过，飞出了盒子，与此同时，她还听到了厄庇米修斯的惨叫，仿佛很痛苦。

"啊，我被蜇了，"他叫道，"我被蜇了！淘气的潘多拉！你为什么要打开这个邪恶的盒子？"

潘多拉马上盖上盒盖，她看了看周围，想知道厄庇米修斯怎么了。乌云把房间弄得一片漆黑，她看不清是什么东西飞出来了，但是她听到一种令人讨厌的嗡嗡声。当她逐渐适应了昏暗，她看到了一群丑陋的小怪物，它们长着翅膀，看起来非常凶恶，尾巴上还有可怕的长刺，就是其中一只刺痛了厄庇米修斯。没过多久，潘多拉也开始尖叫起来，她的痛苦和恐惧并不比厄庇米修斯少。原来一只可恶的小怪物停在她的额头，如果不是厄庇米修斯跑过去把它赶走的话，你都不知道她会被蜇得有多惨。

　　如果你想知道这逃出来的怪物是什么，我会告诉你，它们是所有的烦恼。可以说，所有折磨人类灵魂、身体的烦恼都被关在这个神秘的盒子里。为了避免快乐的孩子们受到它们的骚扰，水银把这个盒子交给厄庇米修斯和潘多拉妥善保管。如果他们忠于自己的诺言，一切都会好好的。

　　由此可以看出，凡人的一个小小的错误对整个世界可能是一场灾难——由于潘多拉打开了那个盒子，也由于厄庇米修斯没有阻止她，这些麻烦已经找到了立足之地，并且不太可能被迅速赶走。和你猜到的一样，这两个孩子不可能把这群丑陋的家伙养在他们的小屋里。相反，他们做的第一件事就是把门和窗户全都打开，把它们赶了出去。这些长着翅膀的小怪物全都飞到外面，它们开始到处纠缠和折磨其他孩子。在以后的日子里，孩子们脸上失去了灿烂的笑容。更奇怪的是，地球上到目前为止还没有凋谢过的花，却在一两天后开始凋谢。此外，永远处于童年的时代一去不复返了，他们一天天长大，很快就进入青春期，不久就成为男人和女人，之后不断变老。他们做梦都没想到自己会长大并且变老。

　　与此同时，淘气的潘多拉和同样淘气的厄庇米修斯继续留在他们的小屋里。他们俩都被烦恼狠狠地刺了一下，这是他们第一次感受到痛苦，所以他们觉得难以忍受。当然，他们完全不习惯痛苦的滋味，也不知道到底发生了什么。因为这一点，他们沮丧极了。为了表达对潘多拉的不满，厄庇米修斯闷闷不乐地躲在角落里，背对着潘多拉坐着。而可怜的潘多拉扑倒在地上，她把头靠在这个致命又可恶的盒子上哭了起来，她哭得很伤心，不断抽泣着，感觉她的心都要碎了。

突然，有人在盒子里面轻轻地敲了一下盒盖。

"什么声音？"潘多拉抬起头喊道。

厄庇米修斯要么没听到，要么不想搭理潘多拉。总之，他没有回答。

"你太狠心了，"潘多拉说，"你都不和我说话！"

这时，敲击声又响了起来。

"你是谁？"潘多拉问，"是谁在这个讨厌的盒子里？"

一个甜美的声音从盒子里面传来。

"你只要打开盒盖，就会看到我。"

"不，不，"潘多拉回答，"我不会再打开盒子！淘气的小东西，你既然在盒子里，就安静地待在里面吧！你那些丑陋的兄弟姐妹正满世界飞来飞去，你不要以为我会傻到再让你出来！"

她一边说，一边看着厄庇米修斯，她希望厄庇米修斯夸她聪明。但那个闷闷不乐的家伙只是咕哝着说："你聪明得太晚了。"

"喂，"那个甜美的声音又说，"你最好让我出去！我可不是那些尾巴上有刺的顽皮家伙，它们也不是我的兄弟姐妹，你只要看一眼，就会立刻知道了。来吧，来吧，我美丽的潘多拉！我相信你会放我出去的！"

的确，这个声音带着一种令人愉悦的魔力，让潘多拉几乎不能拒绝她的任何要求，盒子里每说一句话，都会让潘多拉的心情放松一些。厄庇米修斯虽然还在角落里，此时也转过半个身子，他的心情看起来比刚才好多了。

"亲爱的厄庇米修斯，"潘多拉喊道，"你听到这个甜美的声音了吗？"

"嗯，我当然听见了，"他回答说，"但那又怎么样？"

"我能再打开下盒盖吗？"潘多拉问。

"随你的便，"厄庇米修斯说，"你已经干了这么多坏事，也不差这一件。你放出一大堆烦恼了，再多一个也无所谓。"

潘多拉擦了擦眼泪，喃喃地说："你说话的声音应该温柔一点。"

"啊，顽皮的男孩儿！"盒子里的那个声音调皮地说，"他也渴望见到我。来吧，亲爱的潘多拉，把盖子打开。我想安慰安慰你，快让我出去吸点新鲜空气吧，你很快就会发现事情并不像你想得那么糟！"

"厄庇米修斯，"潘多拉喊道，"无论发生什么，我都要打开这个盒子。"

厄庇米修斯从角落里跑了过来，喊道："盒盖看起来很重，我来帮你。"

于是，两个孩子再次打开了盒盖。不一会儿，一个满身阳光、面带微笑的小人儿飞了出来，她在房间里盘旋着，飞到哪儿，哪儿就像有一盏灯把她照亮。你试过用镜子反射阳光吗？试过让那束光在黑暗的角落里跳来跳去吗？在昏暗的屋子里，这个长得像仙女的陌生人挥舞着翅膀飞来飞去，就像一道跳跃的阳光。她飞到厄庇米修斯跟前，用手指轻轻碰了碰他被刺的红肿处，疼痛立刻消失了。之后在潘多拉的额头上吻了一下，她的疼痛也消失了。

做完这些后，这个闪闪发光的小家伙就飘到他们的头顶，温柔地看着他们。两人一致认为，再次打开盒子真是个正确的选择，不然，这位可爱的小客人还被关在盒子里。

"美丽的精灵，请问你叫什么名字？"潘多拉问道。

"你叫我'希望'吧！"那个闪闪发光的小家伙回答道，"因为我能使人类快乐，所以我被装进这个盒子里，用来弥补那一群丑陋的小怪物给人类带来的伤害。不要怕，孩子们，不管遇到什么困难，我们都会克服的。"

"啊，你翅膀的颜色像彩虹！"潘多拉惊呼道，"漂亮极了！"

"是的，它们的确像彩虹，"希望仙女说，"虽然我的天性是快乐，但我是由眼泪和微笑组成的。"

厄庇米修斯问道："你会永远和我们在一起吗？"

"会的，在你需要我时，我就会出现，"希望仙女露出甜美的笑容，"我会永远在你们身边，也许有时你觉得我消失了，但我会在你意想不到的时候，一次又一次出现在小屋的天花板上，你会看到我闪烁的翅膀。我亲爱的孩子们，我还知道将来你们会得到一件非常美好的东西。"

"啊，快告诉我们，"他们喊道，"告诉我们是什么！"

"不要问我，"希望仙女把手指放在她那红润的嘴唇上说道，"但要记得永远不要绝望，即使你们没有等到它出现。但请相信我，我说的都是真的。"

"我们相信你！"厄庇米修斯和潘多拉一起大声地说。

他们选择了相信她。不仅他们，从那以后，每个人都相信"希望"。虽然潘多拉打开盒子是一个非常顽皮的行为，但我也庆幸潘多拉偷看了盒子。毫无疑问，"麻烦"还在这个世界上飞来飞去，并且随着年龄的增长，烦恼也会越来越多。可是，别忘了还有"希望"这个可爱又快乐的小家伙呢！没有了她，我们该怎么办？是希望让大地充满生机，是希望让世界焕然一新。即使在地球上最美好、最明亮的地方，希望也向世人展示着未来的无限幸福。

✳ PART 3　故事结束后

地点：坦格活德庄园的儿童游戏室里

"报春花，"尤斯塔斯轻轻揪着她的耳朵问，"你觉得故事里的小潘多拉怎样？你不觉得她就是你的化身吗？不过，我敢肯定，换作你，才不会犹豫那么久才打开盒子。"

"那我甘愿为我的淘气而承受惩罚，"报春花机智地反驳道，"因为打开盖子后，首先跳出来的就是尤斯塔斯先生。"

"尤斯塔斯表哥，这盒子里装的是世界上所有的麻烦吗？"香蕨木问。

"没错，"尤斯塔斯回答，"比如这场破坏了我滑冰计划的暴风雪，它原来就封在盒子里。"

"盒子有多大？"香蕨木问。

"哦，大概三英尺长、两英尺宽、两英尺半高吧！"尤斯塔斯说。

香蕨木说："啊？你跟我开什么玩笑，尤斯塔斯表哥！我知道世界上根本没有那么多的烦恼，根本用不着这么大的盒子。至于暴风雪，它根本不是什么烦恼，它给我们带来无穷的快乐，所以它不可能在盒子里。"

"听这孩子说的，"报春花说道，"他对这个世界的烦恼一无所知！可怜的家伙！等他和我一样大时，他就不这么说了。"

与此同时，夜晚即将到来，窗外的天色也暗了下来。在渐浓的暮色中，一团团雪花从四面八方飘来，把天地融为一体。门廊的台阶上已经积了一层厚厚的雪，看样子已经很久没人进出庄园了。如果只有一个孩子凝视窗外这凄凉的景色的话，也许他会感到悲伤，但有五六个孩子一起凝视就不同了，他们即使不能把世界变成他们的乐园，也至少能让寒冬以及暴风雪不破坏他们玩耍的兴致。尤斯塔斯还一时兴起，发明了好几个新游戏，大家欢呼声不断，直到就寝时间到来才作罢。他们已经准备好迎接下一场暴风雪的来临。

三个金苹果

你听说过长在赫斯帕里德斯花园里的金苹果吗?

❋ PART 1　引子

地点：坦格活德庄园的壁炉边

　　暴风雪又持续下了一整天，到了夜里，总算消停了，至于后续还会不会下，我也无法预测。第二天清晨，太阳升起，把万丈光芒洒向了伯克郡周围苍茫的山上，这个景象在世界上任何地方都可以看到。庄园的玻璃上爬满了漂亮的窗花，人们透过玻璃几乎看不到外面的景象。等待早餐的间隙，孩子们早已按捺不住，他们用手指甲在窗花上抠出几个小洞，满心欢喜地看着外面的一切。外面除了峭壁上露出的一两块光秃秃的岩石，以及与黑松林交织的地带，整个世界都变得洁白无瑕，此情此景真令人感到心情愉悦！如果你能抵御严寒，再也没有比眼前明亮而冰冷的霜雪更让人热血沸腾的了。

　　刚吃完早餐，孩子们就裹上厚厚的羊毛衫和皮衣，争先恐后地向雪地奔去。他们拿着雪橇，不厌其烦地从山上滑到山谷，滑了大概上百次，没人能统计出总共滑了多远。更有趣的是，他们经常弄翻雪橇，然后栽个大跟头，那次数和安全到达谷底的次数差不多。一次，尤斯塔斯·布莱特护送小长春花、香蕨木和南瓜花上了雪橇，他们正全速前进时，半路撞上了埋在雪里的树桩，这四个乘客立刻被甩了出去。他们从雪里爬出来时，小南瓜花不见了。咦？这孩子摔到哪去了？就在他们四处寻找的时候，小南瓜花从雪坡上冒出了头。哈哈，那张脸是那么显眼，此时红得就像是冬天里盛开的大红花，大家看了都忍不住大笑起来。

滑雪结束后，尤斯塔斯带着孩子们在最大的雪堆下挖洞，之后大家都挤了进去。不巧的是，"屋顶"突然塌了，他们都被埋在了里面。一眨眼的工夫，他们的小脑袋一个个从雪堆里钻了出来，高个子的尤斯塔斯也在其中，他那棕色的卷发沾满了雪，好像白发苍苍的老爷爷。因为挖洞是尤斯塔斯提出的，所以大伙儿一致决定要惩罚他。于是他们用雪球发起进攻，而尤斯塔斯假装害怕逃走了。

他溜进了树林，接着又到了影子溪边。在那里，他看见小瀑布周围挂满了雪白的冰柱，在阳光的照耀下格外明亮。他又漫步到了湖边，映入眼帘的是一片白茫茫的、无人涉足的雪地，从他脚下一直延伸到纪念碑山的山脚。不知不觉到了傍晚，夕阳的余晖洒向大地，他从来没有见过这么清新、美丽的景象。他庆幸孩子们没跟过来，要不就凭他们那活泼劲儿，没完没了地闹腾，肯定会让他现在平静的心境消失殆尽。那样的话，他虽然可以快乐地和孩子们玩耍，但会错过这美丽的景象。

直到太阳落山，尤斯塔斯才回家。吃完晚饭后，他走进书房，我觉得他打算写一首颂歌，或者写两三首十四行诗，或者随便抒发一些情感，来赞美他在夕阳下看到的那些紫色和金色的云。当他还在酝酿时，书房的门开了，报春花和小长春花钻了进来。

"去别处，孩子们！你们不要再来烦我了！"尤斯塔斯喊道，并回过头来看了看，"你们想干什么？该上床睡觉了！"

"你听，小长春花，他说话的语气怎么像个大人！"报春花说，"他貌似忘了我已经十三岁了，想多晚睡就多晚睡！不过，尤斯塔斯表哥，你最好放下架子，跟我们到客厅去。大家都把你的故事挂在嘴边，所以我父亲也想听一个，好判断他们会不会被你带坏。"

"哼，报春花！"尤斯塔斯显然有点局促，说道，"在大人面前讲故事，我可没信心。他肯定会对我在这些故事中加入的奇思妙想提出异议，这些可是我的独创。正是这些奇思妙想才让故事变得精彩，才能吸引你们每个人。那个年轻时读过神话、现在已经五十岁的人，是不可能把我看成一个创作者的。"

"你说的也许是对的，"报春花说，"但是你一定要来！除非你给我们讲那些充满奇思妙想的故事，否则我父亲就不会打开书，妈妈也不会打开钢琴，所以做个好孩子，跟我们来吧！"

尤斯塔斯虽然故作矜持，但他其实很开心，因为他可以借此机会向普林格尔先生展示他如何出色地让古代神话故事披上现代的外衣。一个人在二十岁之前可能羞于向众人展示自己的诗歌和散文，即便如此，尤斯塔斯也认为如果这些作品被人们熟知，他就能跻身文学家的行列。就这样，他半推半就地被报春花和小长春花拉进了客厅。

这是一间漂亮的客厅，客厅的墙上有一扇半圆形的窗，窗户下的壁龛里摆着一尊格里诺①的《天使与孩子》的大理石复制品。壁炉的一侧陈列着一排书架，书架上的书大都严肃而厚重。星光灯发出的白光和煤火发出的红光交织在一起，

①美国著名的雕塑家。

让整个房间变得明亮而温暖。普林格尔先生坐在一把宽大的扶手椅上，他是个高大英俊的绅士，额头敞亮，穿着考究，就连不修边幅的尤斯塔斯在见他之前，也要在门口整一整衬衫领子。但现在，他的一只手被报春花牵着，另一只手被小长春花牵着，不得不衣冠不整地出现在普林格尔先生面前。他看上去好像在雪堆里滚了一天似的，而他也确实跟雪打了一整天的交道。

普林格尔先生转过身，非常和蔼地望着眼前这位学生。他的态度越好，越让尤斯塔斯觉得自己的形象是多么的糟糕，连同他的思绪也变得凌乱不堪。

"尤斯塔斯，"普林格尔先生笑着说，"我发现你在这里的影响力很大，因为你特别会讲故事，报春花以及她的朋友们特别喜欢你讲的故事，所以我和我的太太非常好奇，想听一听。我非常开心，因为你试着把古代的神话故事变成拥有现代思想和情感的故事。这是我从间接听到的内容里推断出来的。"

"先生，那些都是我天马行空的想法，不该让您来当听众的。"尤斯塔斯说。

"我不这么认为，"普林格尔先生回答说，"我想，一个年轻作家得到的最有用的忠告，可能来源于听众。所以，请讲一个吧。"

"我认为，作为一个评论家，他应该具备与作者共鸣的情感。"尤斯塔斯喃喃地说，"先生，如果您有足够的耐心，我当然会讲。不过请您明白，我的故事主要是为了迎合孩子们，而不是您。"

尤斯塔斯一眼就看到壁炉台上放着的那盘苹果，于是想到一个关于苹果的故事。

✳ PART 2　故事开始啦

你听说过长在赫斯珀里得斯花园里的金苹果吗？啊！要是在今天的花园里找到金苹果的话，它们肯定能值很多钱。但在如此浩瀚的世界上，竟没有一棵树能结出这种神奇的苹果。

在几乎被遗忘的远古时代，在赫斯珀里得斯花园没有杂草丛生之前，人们就怀疑世上是否真的有金苹果。大家都曾听说过，但没有人真正见过。然而，孩子们总能从大人口中听到金苹果的故事，他们都下决心长大后一定要找到它们。那些爱冒险的年轻人也渴望做一件与同龄人相比更勇敢的事，便去苦苦找寻金苹果，许多人再也没有回来，他们中也没有人把金苹果带回来。后来他们发现根本不可能得到金苹果。据说那棵树下有一条长着一百个可怕脑袋的龙，它日日夜夜守护在那里，那一百个头轮番守着，五十个头看守时，另外五十个头就睡觉，所以任何人都没有机会靠近。

在我看来，为了一个硬邦邦的金苹果不值得冒这么大的险，但如果苹果香甜多汁，那就另当别论了，就算那里有百头龙守着，也值得冒险去摘几个。

但我已经说过，总有一些年轻人不甘于平淡，所以决定去赫斯珀里得斯花园冒险。有这么一个年轻人，他为冒险而生，注定不能过平静与安宁的生活。就在我讲这些的时候，我们的英雄来了。此时他正在意大利这片美丽的土地上游荡，只见他手里拿着一根充满力量的木棒，肩上背着弓和箭，身上裹着狮子皮，那可是世上最大、最凶猛的狮子，他亲手杀死了它。他是个善良的小伙子，但内心如狮子般勇猛。一路上，他不停地向路人打听去赫斯珀里得斯花园的路，但没有人知道。如果大家不是看这个陌生人拿着一根那么大的木棒的话，肯定是会嘲笑他的。

他继续赶路，边走边打听，但一直没有什么进展。最后，他来到一条河边，河边坐着几位美丽的年轻女子，她们正围在一起编花环。

"美丽的姑娘们，"陌生人问，"你们能告诉我，这是去往赫斯珀里得斯花园的路吗？"

年轻的姑娘们正玩得开心，她们把鲜花编成像皇冠一样的花环，并给彼此戴上。神奇的是，她们的手指似乎拥有魔法，那些花到了她们手上，比在藤上更加气味芬芳，愈发娇艳欲滴。听到这个陌生人的问话，她们十分惊讶，手里的花掉了都没察觉。

"赫斯珀里得斯花园！"一个少女叫道，"我们以为凡人经历了这么多次失败后，已经厌倦寻找它了。请问你到那儿干什么？"

"我的国王，也是我的表兄，"他回答说，"命令我去摘三个金苹果给他。"

另一个少女说："大多寻找金苹果的年轻人，要么为了他们自己，要么为了心上人。你很看重这位国王表兄？"

陌生人叹了口气，说："也不是，他对我又严厉又残忍，但我的使命就是听从于他。"

"你可知道那里有可怕的百头龙日夜守在树下？"最先说话的少女问道。

"我很清楚，"陌生人平静地回答，"我出生以后就和蛇、龙打交道，这些对我来说小菜一碟。"

年轻的少女们看着他手上握着的粗壮的木棒，身上裹着的厚重的狮子皮，以及他那强壮的身体，开始窃窃私语，她们都觉得眼前这个陌生人似乎有点本领。但那可是百头龙，哪个凡人能躲过那怪物的毒牙？就算他有一百条命也没用。少女们心地很善良，她们不忍心看到这个年轻人白白搭上性命，因为他很可能被巨龙那一百张贪婪的大嘴吞掉。

于是她们都喊道："回去吧，回到你的家！你的母亲看到你安然无恙回来，一定会喜极而泣的。即便你成功了又怎样？她还是希望你平安归来。不要理会金苹果了，也别管你那残忍的国王表兄了，我们可不想看到你被百头龙吃掉！"

陌生人似乎不愿意再听这些忠告，他变得不耐烦，于是举起那根巨大的木棒朝着附近一块石头击去，那个半埋在土里的大石头瞬间被击得粉碎。啊，没想到巨人才能办到的事，这个年轻人轻而易举就做到了。

"难道你们不信这样一击能把百头龙的一个头击碎？"他微笑着说道。

然后他在草地上坐下，开始讲起他的一些事，或者说是能记起的一些经历：在他还是几个月大的婴儿时，有一次他被放在勇士的铜盾牌上，忽然两条大蛇朝他冲过来，张开大嘴打算吃掉他，他居然用双手各抓住一条，把它们掐死了。长大后，他曾杀死一头巨大的狮子，那头狮子的皮现在就穿在他的身上。后来，他又除掉了一个长着九个脑袋的怪物，那个家伙丑陋不堪，每个脑袋上都长着极其锋利的牙齿。

其中一个少女说："可是，你知道赫斯珀里得斯花园的龙有一百个头吗？"

"那又怎样？我宁愿挑战两条这样的百头龙，也不愿和长着九个脑袋的怪物搏斗。"陌生人回答说，"因为我刚砍下它的一个头，原来的地方会长出两个头。最夸张的是，还有一个永远不能被杀死，它能像被砍下之前一样凶猛地咬人。因此，我不得不把它埋到一块巨石底下，没错，直到今天它还活着。不过，它的身体以及剩下的那八个头，再也不能惹是生非了。"

少女们觉得他会讲很长时间，就准备了面包和葡萄，好让他提提神。为了不让他觉得不好意思，她们时不时会把一颗甜葡萄送到他的嘴里。

陌生人接着讲述他长达十二个月的逐鹿经历，讲到那头雄鹿是多么的敏捷，为了追上它，他从未停下来喘口气，最后他抓住了它的鹿角，把它活捉了回去。他还和一群半人半马的种族交战，他把他们全杀了，这样他们丑陋的身影永远不会出现了。除此之外，他还说自己打扫了一个马厩，并因此立了功。

"你把打扫马厩称为了不起的荣誉？"一个年龄较小的少女笑着问，"随便一个乡下人都能做得很好。"

陌生人回答说："要是普通马厩的话，我就没必要提它了。那可是个超大工程，如果我没有幸运地想到把河道引向马厩的话，我将花费一生的时间来打扫它。事实上，我在很短的时间内就完成了任务。"

看到美丽的听众们聚精会神地听，他继续给她们讲自己如何射死巨鸟、如何活捉一头野牛、如何驯服野马、如何征服亚马逊好战女王希波吕忒 ①。他还特别提到，他解下了希波吕忒那条施了魔法的腰带，送给了他国王表兄的女儿。

"是阿芙洛狄忒 ② 的那条腰带吗？那条让女人变得美丽的腰带？"最漂亮的少女问道。

"不是的，"陌生人回答，"它以前是战神阿瑞斯 ③ 的佩剑腰带，戴上它会让人变得勇敢无比。"

"一条旧腰带呀！"少女摇着头说道，"那我不感兴趣！"

"你说得对。"陌生人说。

他继续讲他那些神奇的经历，讲到了他和六腿巨人革律翁之间的那场斗争。这可是一个怪异可怖的家伙，六脚人是个奇怪且可怕的人，任何人看到他在沙滩或雪上留下的脚印，都会以为是三个亲密的伙伴一起走过去的。陌生人听到他的脚步声，一定以为来了好几个人，但其实只有革律翁一个人。六条腿，加上一个庞大的身躯，他真是个可怕的怪物。

陌生人讲完他的冒险故事，环顾了一下四周，看向少女们聚精会神的脸。

"也许你们听过我的名字，"他谦虚地说，"我叫赫拉克勒斯 ④。"

"我们早就猜到了。"少女们回答说，"因为你的那些神奇经历世人都知道。我们不再因为你寻找赫斯珀里得斯花园

---

① 希腊神话中的人物，她是战神阿瑞斯的女儿、亚马逊部落的女王，她英勇善战，拥有一条神奇的腰带。

② 希腊神话中爱与美之神。

③ 希腊神话中的战神，他是宙斯和天后赫拉之子。

④ 希腊神话中的大力神。

的金苹果而大惊小怪了。来吧，姐妹们，咱们给英雄戴上花环吧！"

然后，她们把美丽的花环戴在他的头上，而那张狮子皮上也铺满了玫瑰花。她们拿起他那根笨重的木棒，用最鲜艳、最芬芳的花朵装点它。此时，木棒就像一大束花，根本看不出它是一根橡木。最后，她们手拉着手，围着赫拉克勒斯开始跳舞，并且唱着自己创作的歌谣，想用这种方式来歌颂杰出的英雄赫拉克勒斯。

和其他英雄一样，赫拉克勒斯很乐意给这些美丽的少女分享他的英雄事迹，但他并不满足于此，反而觉得所经历的远远配不上自己所拥有的荣誉，因为还有更艰难的历险在等着他。

"亲爱的少女们，"当她们停下来喘口气时，他说，"既然你们知道我是谁了，能告诉我怎样才能到达赫斯珀里得斯花园吗？"

"啊！你这么快就走吗？"她们嚷嚷着，"你已经创造了那么多奇迹，辛苦了这么久，难道不能在这平静的河边歇一会儿吗？"

赫拉克勒斯摇了摇头，说："我现在就得走了。"

"我们给你指明道路，"少女们说，"你必须先到海边，把那个老家伙找出来，逼他告诉你在哪里能找到金苹果。"

"老家伙！"赫拉克勒斯听了这个奇怪的称呼，哈哈大笑起来，并问少女们，"那么，请问老家伙是谁呢？"

"啊，当然是海老人！"一个少女回答，"据说他有五十个女儿，有人说她们很漂亮，但是我不这么认为，因为她们都长着海绿色的头发，尾巴像鱼一样。你必须从海老人那里问到路，因为他是一个航海能手，赫斯珀里得斯花园就在他经常去的一个岛上，他对赫斯珀里得斯花园可是了如指掌。"

然后，赫拉克勒斯询问最有可能在哪里见到海老人，少女们告诉了他。赫拉克勒斯向她们表达了谢意，就准备出发。

这时，一个少女微笑着说："看到那个老家伙，一定要抓牢他！只要抓牢他，他就会告诉你想知道的一切。"

赫拉克勒斯再次谢过她，继续赶路，而少女们继续编手里的花环。虽然赫拉克勒斯已经离开很久了，但少女们仍然在谈论着他。

她们说："等他杀死了百头龙、带着三个金苹果回来时，我们给他戴上最漂亮的花环。"

与此同时，赫拉克勒斯翻过大大小小的山川，穿过杳无人烟的森林。他满脑子想的都是巨人和怪物，与它们战斗成了他的使命，他甚至把身边的橡树当成了巨人或怪物，只见他挥舞着那根木棒，朝高大的橡树狠狠一击，那树被瞬间劈成了碎片。赫拉克勒斯是如此渴望完成任务，以至于他开始后悔浪费了那么多时间给少女们讲他的冒险经历。

没过多久，赫拉克勒斯就听到远处大海发出的咆哮声。听到这个声音，他加快了脚步，很快就到了一个海岸，此时巨大的海浪拍打着坚硬的沙石，并在岸边形成一长串雪白的泡沫。海岸的一端藏着一片舒适的地方，一些绿色的灌木攀上了悬崖，让那些岩石看上去柔软而美丽。悬崖底部和大海之间的狭窄空间里长满了气味芬芳的三叶草，并形成了一片翠绿的草地。你猜赫拉克勒斯在那里看到谁了？除了熟睡的海老人，还能有谁！

但他真的是海老人吗？当然，乍一看他很像老人，但仔细观察，倒更像只海洋生物。他的胳膊和腿上长满了像鱼一样的鳞片，而且手脚像鸭子一样是蹼状的。那长长的胡须，哦，与其说是胡须，不如说是一簇海草，因为是淡绿色的。嗯，他会让你想起被海浪侵蚀严重的木头。你见过这样的木头吗？它浑身长满了藤壶，被海浪甩来甩去，好像是从最深的海底抛上来，最后漂到了岸上。赫拉克勒斯一看到这个奇怪的家伙，就确定这不是别人，正是能给他指路的海老人。

是的，这就是少女们提到的海老人，此时他正好睡着了。赫拉克勒斯踮着脚尖偷偷地靠近，等到足够近时，他猛地抓住海老人的手脚。

"告诉我，"还没等海老人醒过来，他就喊道，"哪条路通往赫斯珀里得斯花园？"

海老人被吓醒了，但接下来发生的事，赫拉克勒斯似乎受到的惊吓更大。他发现自己正抓着一只雄鹿的前后腿儿。惊讶之余，他依然紧紧地抓住。接着雄鹿消失了，取而代之的是一只海鸟，他正抓着它的翅膀和爪子，它扑棱着翅膀发出尖叫，但根本逃不掉。紧接着，海鸟又变成一只长着三个头的狗，对着赫拉克勒斯咆哮，并撕咬抓着它的两只手，但他仍然不放手。下一秒，三头狗不见了，出现了六脚人革律翁，他为了让被抓住的那条腿挣脱，拼命用剩下的五条腿乱踢着赫拉克勒斯。过了一会儿，革律翁不见了，又出现了一条大蛇，和赫拉克勒斯小时候掐死的一模一样，不过要比那条大100倍，它缠着他的身体，把尾巴高高抛向空中，并张开血盆大嘴，想要把他一口吞下去，这真是可怕的场景！但赫拉克勒斯不为所动，他紧紧地抱住那条大蛇，很快它就疼得发出嘶嘶声。

如此看来，海老人拥有变幻不同形体的本领。当发现自己被赫拉克勒斯粗暴地抓住时，海老人本希望通过这些神奇的变化让他害怕，这样他就不得不放他走了。一旦赫拉克勒斯松开他的手脚，他就一溜烟儿沉到海底去，到了海底就不用回答任何无礼的问题了。我想，一百个人中有九十九个都会吓得魂飞魄散，立刻拔腿就跑。因为这个世上最困难的事情就是正确区分真实的危险和想象的危险。

由于赫拉克勒斯一直抓着海老人不放，海老人最后不得不变回原来的模样，一个像鱼一样有鳞、像鸭子一样有蹼，下巴上还长着一簇海草的人形。

"请问你要干什么？"刚喘过气的海老人说道，"你为什么这么用力抓着我？马上放开我，不然我认为你是一个极不礼貌的人！"

"我的名字是赫拉克勒斯！你永远摆脱不了我的手，除非你告诉我去赫斯珀里得斯花园最近的路！"赫拉克勒斯吼道。

当海老人听到是赫拉克勒斯抓住了他，心下了然，他觉得最好还是告诉赫拉克勒斯真相。因为他经常到处游荡，听过赫拉克勒斯的名字。因此，海老人不再试图逃跑，而是告诉他如何找到赫斯珀里得斯花园，并警告他在到达那里之前，需要克服重重困难。

"你必须这样，再这样往前走，"海老人拿着罗盘，指点着方向说，"直到你看到一个身形巨大、肩膀上顶着天空的巨人。他如果心情好的话，会告诉你赫斯珀里得斯花园的具体位置。"

"如果巨人碰巧不高兴，我也会找到说服他的方法。"赫拉克勒斯一边说，一边用指尖把玩着他的大棒。

　　向海老人道谢，并请海老人原谅自己刚才的粗暴行为后，赫拉克勒斯又上路了。途中他有许多奇遇，有时间的话我会详细讲出来，这些奇遇很值得一听。

　　如果我没有记错的话，就是在这次旅行中，赫拉克勒斯遇到了一个可怕的巨人，他的名字叫安托斯，是由神奇的大自然孕育出来的，他只要触碰大地，就会比以前强壮 10 倍。仔细想一想，和这样一个家伙打架多么有挑战性。每当被击倒时，他会重新振作起来，比敌人更强大、更凶猛，还能更灵活地使用武器。因此，赫拉克勒斯用木棒击打得越用力，似乎离胜利越远。赫拉克勒斯后来发现，要结束这场战斗，唯一的办法就是把安托斯举到空中，不停地挤啊挤，挤啊挤，把他所有的力量从那巨大的身体里挤出来。

　　战胜巨人后，赫拉克勒斯继续赶路。他到了埃及，在那里，他不幸被俘。为了不被处死，他杀死了这个国家的国王。从埃及逃跑后，他又以最快的速度穿过非洲的沙漠，最后来到了海边。但新的困难又来了，除非他拥有在海上行走的本领，否则他的旅程似乎要结束了。

　　此刻在他面前，除了那漫天白浪、汹涌澎湃、无边无际的大海，什么也没有。但当他朝地平线望去时，远远看到了一个东西，它闪烁着明亮的光芒，几乎就像升起或落下的太阳。那个东西越来越近了，在它靠得很近时，赫拉克勒斯发现它是一个巨型杯子，貌似用黄金或者黄铜制成，至于它是怎样漂在海上的，我无法得知。不管怎么说，它就在那里，在汹涌的波涛中翻滚着，海浪把它抛上抛下，并把顶部的泡沫甩向它的两侧，但奇怪的是，浪花并没有溅入杯中。

　　"我一生中见过很多巨人，"赫拉克勒斯想，"但从来没有见过哪个巨人需要用这么大的杯子喝酒。"

没错，那是个很大的杯子，它比磨坊里大水车轮还要大十倍。虽然它是金属的，但它在汹涌的波涛上看起来比漂在海上的橡果壳儿还要轻盈。海浪推着它往前冲，直到靠岸。

杯子一靠岸，赫拉克勒斯就知道怎么办了。经历了那么多非同寻常的冒险，尤其在一些超越常理的事上，他早就学会了随机应变。肯定是在某种看不见的力量指引下，这个神奇的杯子才漂到这儿，准备带他漂洋过海到赫斯珀里得斯花园去。于是，他一刻不停歇，飞快爬到杯子的边缘，滑了下去。

和少女们告别后，他几乎没合过眼，于是把狮子皮摊开，倒头就睡。这时海浪不断拍打着杯子的边缘，发出悦耳、清脆的声音，加上它轻轻地摇晃，摇晃得如此温柔，以至于很快就把赫拉克勒斯摇进了舒适的梦乡。

这一觉赫拉克勒斯睡了很久，直到杯子碰到了一块岩石，其发出的巨大响声惊醒了赫拉克勒斯。他立刻跳了起来，环顾四周，想搞清楚自己在哪。没过多久，他就发现杯子已经漂过大半个海洋，正在靠近一个岛屿的海岸。你们猜他在那个岛上看到了什么？

即使让你猜五万次，你也猜不出来。在我看来，这绝对是赫拉克勒斯平生见到的最壮观的景象。怎么形容呢？它可比那个被砍下一个头后长出两个头的怪物壮观，也比六脚怪物、安托斯以及赫拉克勒斯之前见到的其他事物壮观。它是一个前所未见的巨人。

巨人几乎和山一样高，云彩环绕在他的周围，有的像一条腰带，系在他的腰上；有的像一缕灰白的胡子，挂在他的下巴上。有的云彩恰好遮住了他的眼，所以巨人并没有发现赫拉克勒斯以及他乘坐的金杯。最壮观的是，巨人正举着他的双手，似乎支撑着整个天空。赫拉克勒斯透过云层看到，天空正顶在他的头上，真的让人难以置信。

与此同时，那个明亮的金杯继续漂着，直到漂到岸边。这时，一阵风吹散了巨人脸前的云彩，赫拉克勒斯看清了巨人的脸庞。天哪！那眼睛和那边的湖一样大，鼻子足足有一英里那么长，嘴巴也有一英里那么宽。那张脸因巨大无比而显得格外可怕。不知怎的，巨人愁眉苦脸，露出劳累不堪的神情，很像现在的许多人，他们承受着超出能力范围的负担，因而脸上也会露出同样的神情。天空之于巨人，如同大地之于背负巨大负担的人。一旦人们做了超出能力范围的事情，他们就会具有和这个可怜的巨人一样的命运。

可怜的家伙！他显然已经在那儿站了很久。橡树在他的脚下生根并长大，它们的树龄应该有六七百年了。

巨人用他那双巨大的眼睛往下看，正好看见了赫拉克勒斯，于是大声喊道："我脚下是谁？你怎么来的，难道是乘坐那个小杯子来到这里的？"

"我是赫拉克勒斯！"英雄怒吼道，他的声音几乎和巨人的声音一样洪亮，"我正在寻找赫斯珀里得斯花园！"

"哈哈哈！"巨人发出一阵狂笑，"这不是一次明智的冒险！"

"不是吗？你以为我怕那条百头龙吗？"赫拉克勒斯说道，他对巨人的嘲笑有点生气。

就在他们谈话期间，几团乌云开始在巨人的腰间聚集，同时电闪雷鸣，发出一阵阵巨响，赫拉克勒斯根本听不清巨人在说什么。只见巨人那两条无法丈量的腿在暴风雨中挺立着，整个身影也被一团团乌云遮得严严实实。他似乎一直说着什么，那洪亮的声音与雷声的回响相呼应，也像雷声似的向山间漫去。而不合时宜的谈话让这个巨人无端耗费了不少精力，因为雷声实在太响了。

暴风雨说来就来，说走就走，不一会儿，天又放晴了。此时，疲惫的巨人仍然撑着天空，阳光透过阴沉的雷雨云，洒在巨人高大的身躯上。

这时，巨人看到赫拉克勒斯还站在海边，于是向他吼道："我是阿特拉斯，世界上最强大的巨人！我能把天空举在头上！"

"是的，我已经看到了。"赫拉克勒斯回答道，之后又说，"你能告诉我去赫斯珀里得斯花园的路吗？"

"你去那儿干什么？"巨人问。

"我想摘三个金苹果，"赫拉克勒斯喊道，"献给我的国王表兄。"

巨人回答："除了我，没有人能办到。如果不是为了撑起天空，我只需走五六步就能跨过海，到赫斯珀里得斯花园给你摘来金苹果。"

"你真是个热心肠的人，"赫拉克勒斯回答说，"难道你不能把天空放在一座山顶上吗？"

"它们都不够高，"阿特拉斯摇着头说，"但是，如果你站在离我最近的那座山的山顶，就差不多和我一样高了。你看起来充满力量，能不能把我的担子放在你肩膀上，而我替你代劳呢？"

你一定清楚地记得，赫拉克勒斯是一个非常强壮的人，虽然撑起天空需要费很大的劲儿，但如果世上有人具备这样的力量，那必定是他。然而，这似乎是一项艰巨的任务，有生以来，他第一次犹豫了。

"天很重吗？"他问。

"一开始没什么感觉。"巨人耸耸肩回答，"不过我已经举了 1 000 年，现在确实感觉有点重了。"

"那你需要多长时间呢？"英雄问道。

"去摘金苹果吗？哦，一会儿就好，"阿特拉斯说道，"我一步能走十至十五英里，在你的肩膀开始疼之前，我就能走个来回。"

"那好吧，"赫拉克勒斯回答说，"我会爬到你身后的那座山，接过你身上的担子。"

事实上，赫拉克勒斯是个心地善良的人，他认为自己应该帮巨人这个忙，让巨人有机会闲逛一会儿。此外，如果能炫耀自己顶起过天空，赫拉克勒斯会感到自豪。因此，他没再说什么，天空也从阿特拉斯的肩上移到了赫拉克勒斯的肩上。

交接完后，巨人做的第一件事就是伸了个懒腰，你能想象当时的场面是多么惊人吗？巨人慢慢地把一只脚从古老的森林里拔出来，然后是另一只。因为重获了自由，他突然蹦跳起来，他欢快地把自己抛到不知有多高的空中，之后又重重掉下来，震得整个大地都颤抖起来。然后他又放声大笑，雷鸣般的笑声回荡在附近的群山间，仿佛群山都在为巨人庆祝一样。稍稍平复心情后，他就出发了，第一步就迈了十英里，海水淹到小腿的一半；下一步又迈出了十英里，海水没过了他的膝盖；第三步又是十英里，此时海水已经淹到了他的腰部，这里就是大海的最深处了。

赫拉克勒斯看着巨人继续往前走，那个巨大的身躯已经在三十多英里外，他的下半身已经被海水淹没，上半身露在海面，远远看去就像一座山，高大、缥缈，还散发着蔚蓝色的光。最后，这个巨大的身影完全消失在他的视线之外。赫拉克勒斯这时开始思考，万一阿特拉斯不幸淹死在海里，或者被看守金苹果的百头龙咬死了怎么办？万一这样的不幸发生了，他应该怎样摆脱头上的天空呢？顺便说一句，他的头和肩膀因为天空的重量开始难受了。

"我真的很同情这个可怜的巨人，"赫拉克勒斯想，"如果我在10分钟内就感到疲惫的话，那他在这里站了1 000年又是怎样的疲惫呢？"

可爱的孩子们，我们头上的天空虽然看起来是那么柔软，轻飘飘的，但其实它很重。抛开重不说，那里还有呼啸的风、裹着冷雨的云、炙热的太阳，这些都在轮番折磨着赫拉克勒斯，他开始担心巨人再也不回来了。

他凝视着脚下的土地，此刻他宁愿做山脚下的那个牧羊人，那样总比站在这个令人眩晕的山顶上，用尽全力顶着天空幸福得多。当然，你知道的，赫拉克勒斯此时不仅头和肩膀上承受着重量，他的心里也担负着巨大的责任。如果不是他一动不动地站在那里，让天空静止不动，太阳兴许就歪了，或者在夜幕降临后，许多星星可能会从原来的位置落下来，像流星雨一样，纷纷落在人们的头上。如果他不堪重负随意晃动，天空很可能断裂，裂开一道巨大的缝，那样我们的英雄将会多么惭愧啊！

不知过了多久，赫拉克勒斯又看到那个巨大的身影出现在遥远的海上，就像朵巨大的云慢慢飘过来，他此时的快乐真是难以言表。阿特拉斯走近时，举起手来，只见三个像南瓜一样大的金苹果挂在一根树枝上。

"很高兴再次见到你，"当巨人走近时，赫拉克勒斯兴奋地喊道，"你拿到金苹果了？"

"当然，当然，"阿特拉斯回答说，"它们非常漂亮，我摘了树上最好的三个，我向你保证。赫斯珀里得斯花园是个美丽的地方，百头龙也非常值得一看。总之，还是亲自去一趟为好。"

"没关系的，"赫拉克勒斯回答，"能让你快乐地逛一圈，并且将事情做得和我一样好，我很开心。现在，我还得赶路，而且时间也比较紧，我的表兄急着想得到金苹果，你能把天空从我的肩膀上卸下来吗？"

此时，巨人把金苹果抛到空中，足足有二十英里高，然后用手接住它们："说到这个，我的好朋友，我认为你说得不对。难道我不能比你更快地把金苹果拿给你的国王表兄吗？既然陛下着急想得到，我向你保证，我会尽快送到他手里。再说，眼下我可不想再受累了。"

听到这里，赫拉克勒斯有些不耐烦了，他用力耸了耸肩，只见两三颗星星从原来的位置上掉了下来，地球上每个人都惊恐地看着天空，害怕下一刻天塌下来。

"啊，那样可不行！"巨人阿特拉斯叫道，"在过去的1 000年里，我从来没有让这么多的星星掉下去。当你像我一样站得足够久时，你就学会了忍耐。"

"什么！"赫拉克勒斯喊道，他非常愤怒，"你打算永远叫我顶着天吗？"

"我们总有一天会再见面的。"巨人回答说,"无论如何,请不要抱怨了。想想吧,你要忍受下一个百年,或者下一个千年呢?我不顾腰酸背疼忍受了那么久!好吧,1 000 年之后,如果我碰巧心情不错,我们可能会换回来。你是个坚强的人,再也没有比这更好的机会来证明自己了。我敢保证,子孙后代都会歌颂你的。"

"呸!这些都是借口!"赫拉克勒斯说道,他又耸了耸肩,"你再顶一会儿天空,好吗?这真叫人恼火,在接下来的几个世纪里,我要一直站在这里,这会给我带来很大的不便。我想用狮子皮做一个垫子,放在肩膀上,让天空压在上面,这样我会舒服一些。"

"这很合理,我会照做。"巨人说。本来他对赫拉克勒斯并没有什么恶意,他只是有点自私,只考虑自己罢了。"我帮你扛5分钟,然后我会还回天空。就5分钟,记住!我不想再像上个千年那样度过下一个千年了。"

这个想要赖却很愚蠢的巨人!他扔下金苹果,从赫拉克勒斯那里接回了天空,像原来那样顶着天空。赫拉克勒斯拿起那三个和南瓜一样大的金苹果,一言不发地踏上归途。无论巨人在他身后如何咆哮,他都毫不理会。慢慢地,巨人脚下又长出了一片森林;树龄六七百年的老橡树,也从他巨大的脚趾间长出。

直到今天,巨人还站在原地,或者已变成一座以他名字命名的大山。当雷声在山顶隆隆作响时,我们可以猜到这是巨人的声音,他正在赫拉克勒斯身后咆哮着。

✴ PART 3　故事结束后

地点：坦格活德庄园的壁炉边

"尤斯塔斯表哥，"一直坐在尤斯塔斯脚边、张着嘴巴听得很入神的香蕨木问，"这个巨人到底有多高？"

"可爱的香蕨木啊！"尤斯塔斯说道，"你以为我能出现在那里，并用尺子给他丈量吗？好吧，如果你一定要知道的话，我想他可能有三至十五英里那么高，他可能把塔科尼克山当椅子，而纪念碑山只能是他的脚凳。"

"天哪！"香蕨木惊呼道，"真是个巨人！那他的小拇指有多长？"

"从这里到湖边那么长。"尤斯塔斯说。

"没错，他的确是个巨人！"香蕨木重复道，能够得到这些具体的数字，他很满意，"我想知道赫拉克勒斯的肩膀有多宽？"

"这个我就不清楚了，"尤斯塔斯回答说，"可是我想，那肩膀一定比我的，比你父亲的，比我们任何人的肩膀宽得多。"

"你能告诉我，"香蕨木把嘴凑到尤斯塔斯的耳朵边，小声说，"巨人的脚趾间长出来的橡树有多高吗？"

"哦，它们可比史密斯船长屋后的那棵栗子树高得多。"

尤斯塔斯说。

"尤斯塔斯，"普林格尔先生顿了一下，说："我觉得我不可能为了让你获得作为作者那一丁点儿的自豪感，而对这个故事进行赞赏。我劝你以后不要再触碰古代神话了，你把你知道的一切进行夸张，效果就像给大理石雕像随意上了色。说到这个巨人，你怎么敢把他那巨大的、不成比例的形象放在希腊神话典雅的轮廓中去呢？希腊神话倾向于表达它无处不在的优雅，而夸张被限制在一定的范围内。"

"我眼中的巨人就是这样啊！"尤斯塔斯生气地回答道，"先生，如果您愿意把您的思想带进这些故事里、重新塑造它们的话，你会立刻明白，在故事塑造上，一个古希腊人并不比一个当代人更有发言权。神话故事可是全世界共同的财富，古人可以随心所欲地塑造它们，为什么我就不能重塑它们？"

"再说，"尤斯塔斯继续说，"你一旦把自己的真情实感、道德观念等融入一个经典故事中，就能创造出和以前截然不同的故事。依我看，希腊人将这些人类共同的财富据为己有，赋予这些故事非常典雅的结构，但事实上它们很冰冷，给后世造成了难以想象的伤害。"

"没错，你生来就是为弥补这些伤害的，"普林格尔先生大笑着说，"好吧，继续讲下去，但我奉劝你，永远不要把你那滑稽的故事写在纸上。此外，下一步你要不要试着去写一些关于阿波罗的传说呢？"

尤斯塔斯沉思了片刻，说："当然，乍一想，哥特式的阿波罗会让人觉得不可能，不过我会仔细考虑你的建议的，我不会放过任何成功的机会。"

孩子们根本不知道他俩在谈论什么，此刻他们都困了，于是被打发去睡觉，楼梯上隐隐约约传来他们的咿呀声。而窗外的西北风从树梢间呼啸而过，仿佛在房子周围唱起了赞美诗。尤斯塔斯回到书房，他本想琢磨出几句诗来，没想到刚写了两个韵脚，就沉沉地进入了梦乡。

神奇的奶罐

愿你的奶罐永远不会空。

PART 1 引子

地点：一个山坡上

你觉得会在什么时候、什么地方再碰见这帮孩子呢？噢！此时不再是寒冷的冬天，而是温暖的五月；不再是坦格活德庄园的游戏室里，也不是客厅的壁炉边，而是一座大山的半山腰，对于此处，我们更愿意称呼它为小山坡。孩子们出发时早已有了明确的目标，他们扬言要征服这座高山，爬上它光秃秃的山顶。当然，它并不像钦博拉索山[①]或博朗峰[②]那么高，甚至还没有格雷洛克山[③]高。不过，要是以小孩子的步伐衡量的话，倒可以算得上是一座很雄伟的山了。

尤斯塔斯也在其中吗？当然，这一点你可以肯定，否则，这本书要怎么写下去呢？此时正好放春假的他，看上去和四五个月前没什么变化，只是他的上嘴唇长出了一点点小胡子。他还像以前那样快乐、顽皮，还是一样的好脾气，走起路来还是脚步轻盈、精神抖擞，还是深受孩子们的喜爱。这次登山探险又是他一手策划的，在爬山过程中，他一直用欢

---

① 位于南美洲厄瓜多尔中部，属于安第斯山脉，是厄瓜多尔的最高峰。

② 位于法国和意大利的交界处，是阿尔卑斯山的最高峰。

③ 位于美国马萨诸塞州。

快的声音鼓励孩子们。当蒲公英、流星花和南瓜花走累时，他就轮流把他们驮在背上。就这样，他们穿过了山下的果园和牧场，来到了半山腰的树林，这片树林从山腰一直延伸到光秃秃的山顶。

五月的天气比往常要好，今天是大人或孩子都希望遇到的温暖和煦的一天。在上山的过程中，孩子们发现了相当多的花，有蓝色的、白色的，还有像被迈达斯施了点金术的金黄色的。此外，还有很多最爱热闹的草——小茜草。它们是从不独处的草，深爱着自己的同类，总是喜欢和它们的朋友、亲戚住在一起。

树林的边缘还有一些耧斗菜，它们的颜色不一，并且总是长在最隐秘的角落里，看起来是那么的谦逊，满脑子想的都是如何巧妙地躲避太阳。此外，还有一些野生天竺葵，上千朵白色的草莓花。藤地莓还没有完全凋谢，它把它珍贵的花藏在去年的枯叶下，就像鸟妈妈藏它的鸟宝宝一样。我想，它一定知道自己是多么的美丽、多么的芬芳。隐藏得如此巧妙，以至于孩子们有时闻到那浓郁的香味，但不知道香味到底是从哪里来的。

在这么多的新生命中，唯独蒲公英看起来又奇怪又可怜，田野和牧场上随处可见它们已经结了籽的黄色花蕊。夏天还没到，它们就已经把夏天打发走了，在那些带翅膀的种子球眼中，现在已是金秋时节。

好吧，我不能过多地浪费篇幅来谈论春天和野花了，还有一些更有趣的事情在等着自己去发现。孩子们此时都围在尤斯塔斯身边，因为他马上就要开始讲故事。此处，队伍中较小的孩子发现，要靠他们小小的步伐去测量山的高度，太吃力了。因此，尤斯塔斯决定把香蕨木、流星花、南瓜花和蒲公英留在半山腰，让他们等着其他人。小家伙们开始抱怨，他们可不太愿意留下来。随后，尤斯塔斯从口袋里掏出几个苹果给他们，并打算给他们讲一个非常有趣的故事。这时，他们的心情才好了起来，立刻化悲伤为开心。

✳ PART 2　故事开始啦

很久很久以前的一个傍晚，老菲利蒙和妻子柏西斯坐在他们的小屋门口，欣赏着美丽的日落。他们已经吃过简单的晚餐，打算在睡前安静地待上一两个小时。他们闲聊起来，聊到他们的花园、他们的奶牛、他们的蜜蜂，还有他们的葡萄藤。那根葡萄藤已经爬上了小屋的墙，上面的葡萄开始变紫了。此时远处传来孩子们粗鲁的喊叫和凶猛的狗叫声，并且声音变得越来越大，以至于柏西斯和菲利蒙几乎听不见彼此的话语。

"啊，老婆子，"菲利蒙说道，"恐怕是哪个可怜的过路人正向我们的邻居寻求帮助，他们非但没有招待他，还放狗咬他，这是他们一贯的做法。"

"真是悲哀！"柏西斯回答说，"我真希望我们的邻居能对陌生人仁慈一点。而且，他们把孩子养得很顽皮，孩子向陌生人扔石头时，他们还会拍拍他们的头夸奖他们呢！"

"那些孩子就算长大了也不会是什么好东西！"白发苍苍

的菲利蒙摇着头说，"说实话，老婆子，村里的人如果遭遇了什么可怕的事情，我一点儿也不会惊讶，除非他们都改邪归正了。至于咱们，只要上帝还能赐给我们一块面包，我们就准备分一半给任何需要的穷人、无家可归的过路人。"

"没错，老头子！"柏西斯说，"我们就是这样善良！"

要知道，这对老夫妻很穷，只有整日辛苦地劳作，才能维持基本的生活。菲利蒙一天到晚都在他的花园里忙活，而柏西斯总是趴在她的纺纱机上，或者用牛奶做点黄油和奶酪，或者在小屋里忙得团团转。他们的食物少得可怜，只有面包、牛奶和蔬菜，有时从蜂巢里取一点儿蜂蜜，偶尔吃一串葡萄藤上成熟的葡萄。但他们是世界上最为善良的两位老人，只要有过路人在他们的门前停留，他们宁愿自己一天不吃饭，也要给疲惫的陌生人提供一块黑面包、一杯新挤的牛奶和一勺蜂蜜。他们觉得任何人都应该受到尊重，因此该对他们比自己更好、更慷慨。

他们的小屋建在一个山坡上，离小屋不远的村庄坐落在一个大约半英里宽的山谷里。在世界刚刚形成的时候，这个山谷很可能是一个湖的湖床。在那时，鱼在水里游来游去，水草沿着湖的边缘生长，树木和山川倒映在宽阔的湖面。随着湖水的消退，这里变成了一片肥沃的土地，人们在上面盖了房子。现在这里完全没有远古时代湖泊的痕迹，只有一条细长的小溪蜿蜒穿过村庄，成为村民的水源。长久以来，这个山谷一直保持着原样，第一批橡树长出来了，它们长得又高又大，之后随着时间的推移而凋谢，之后又会长出和第一批一样高的橡树。世上再也没有比这更美丽、更富饶的山谷了，这本应让村民们更善良，处处与人为善，以此来表达对上天的感激之情。

　　但很遗憾，生活在这个村庄的人们，是一帮非常自私和冷酷的家伙，从不怜悯穷人，也不同情无家可归的人。你很难相信接下来我要说的事：这些可恶的人教自己的孩子做个更可恶的人，当他们看到小男孩儿和小女孩儿追着某个可怜的过路人、在他身后大喊大叫、用石头扔他时，他们常常拍手叫好，以示鼓励。各家各户都养着又大又凶猛的狗，要是哪个过路人敢在村子的街上露面，这群讨厌的狗就会扑到他面前，龇牙咧嘴地狂叫。它们还会咬住他的腿，或者拽住他的衣服。如果他来的时候衣衫褴褛，那么在他还没有来得及逃跑之前，他大概率会变得惨不忍睹。你难以想象，这对可怜的过路人，尤其是老弱病残，该是多么可怕！那些知道村庄里的人并不友善，以及他们的孩子和狗的恶劣行为的过路人，宁愿选择绕道走，也不愿意从村子里经过。

　　更可恶的是，如果富人坐着马车或骑着高头大马、身后跟着一群穿着华丽服饰的仆人穿过村庄时，此时的村民会变得非常有礼貌。他们会脱下帽子，向来者鞠一个你从未见过的最谦卑的躬。如果孩子们无礼，他们肯定会被扇耳光。至于狗，如果有狗敢乱叫，它的主人会立刻用棍子把它揍一顿，并绑起来不给晚饭。这足以证明村民关心的只是过路人口袋里的钱，而从不在意同样存在于乞丐和王子身上的平等的灵魂。

　　你现在知道为什么菲利蒙在听到另一端孩子们的喊叫和狗的咆哮时，表现得如此悲伤了吧？那混乱的声音持续了好一会儿，似乎传遍了整个山谷。

　　"我从没听过狗叫得这么凶！"善良的菲利蒙说。

"孩子们也从没有喊得这么粗鲁！"同样善良的老伴也说道。

他们坐在那里，彼此摇着头，这时喧闹声越来越近了，两个徒步走来的过路人路过他们的小屋，紧跟在他们身后的是咆哮的恶狗，一群孩子紧随其后，他们边跑边发出刺耳的叫声，并使出浑身力气朝那两个陌生人扔石头。有一两次，那个较年轻的过路人转过身来，挥着一根手杖驱赶着恶狗。他的同伴个子很高，似乎不屑于理会这帮顽皮的孩子和那群恶狗，仍然若无其事地走着。

这两个过路人穿着都很朴素，口袋里的钱可能不够付一晚的住宿费，恐怕正是这个原因，村民们才允许孩子们和恶狗如此粗鲁地对待他们。

"来吧，老婆子，"菲利蒙对柏西斯说，"让我们去见见这些可怜的人吧！他们可能心情沮丧，连爬山坡的力气都没了。"

"你快去迎接他们吧，"柏西斯回答说，"我赶快进屋，看看能不能给他们弄点吃的，舒舒服服地吃片面包、喝碗牛奶，准会让他们重新打起精神来。"

于是，她急匆匆进了小屋。菲利蒙则走上前，热情地伸出手，用最真诚的语气说："欢迎你们，过路人！欢迎！"

"谢谢你！"较年轻的那个人回答，尽管他又累又烦，但语气依然很友善，"这和我们在村子里听到的问候完全不同。请问，你为什么和这帮坏家伙成了邻居？"

菲利蒙微笑着说："上天把我安排到这里来的，可能是为了让我尽可能地弥补我邻居对你们造成的伤害。"

"说得好，大叔！"过路人笑着说道，"说实话，我和我的同伴确实需要一些补偿。那些孩子扔了我们一身泥巴。我的斗篷已经够破了，有只狗还把它撕烂了。不过我用我的手杖打了它的嘴，即使离这很远，我想你也听到它的惨叫了。"

菲利蒙很高兴看到过路人心情变好。事实上，从这位过路人的神情来看，除了刚才因受到粗暴的对待而产生沮丧的心情，你根本看不出他经历了一天漫长的旅途后的疲惫。他的穿着很奇怪，头上戴着一顶帽子，帽檐儿盖在两边的耳朵上。虽然是夏天，但他还穿着件斗篷，并紧紧地裹在身上，或许因为他里面的衣服太破了吧。菲利蒙还注意到他穿着一双奇怪的鞋，但由于天色已晚，自己的视力也不太好，他说不清这鞋子奇怪在哪里。当然，有一点似乎很奇怪。这个过路人走起路来十分轻盈，以至于他的脚会时不时地离开地面，或者需要用力才能重新踩到地面上。

"我年轻的时候，脚步也很轻盈。"菲利蒙对过路人说道，"但现在，我总是感觉我的脚在夜幕降临时变得越来越沉重。"

"没有什么比一根好手杖更能帮助你的了，"过路人回答道，"正如你所看到的，我正好有一根很棒的手杖。"

事实上，这是菲利蒙所见过的最奇怪的手杖，它是用橄榄木做的，在它的顶端有一对小翅膀。另外，手杖上还刻着两条蛇，它们刻得如此逼真，视力模糊的菲利蒙几乎以为它们是活的，甚至感觉它们在扭动。

"真是根神奇的手杖！"他说，"一根带翅膀的手杖！小男孩儿看到了肯定认为这是根很棒的棍子，会把它当马骑。"

这时，菲利蒙已经带着这两位客人到了小屋的门口。

"朋友们，"老人说，"坐在这条长凳上休息一下，我的老婆子柏西斯已经去给你们准备晚餐了。我们很贫穷，没有什么好吃的，不过我们欢迎你们吃橱里的任何东西。"

那个年轻的过路人大大咧咧地坐在长凳上，他的手杖也顺势掉在地上。就在这时，发生了一件相当神奇的事，那根手杖似乎自己从地上站起来，并张开那对小翅膀，半跳半飞地靠在小屋的墙边，然后就一动不动了。但依我看，菲利蒙此时一定认为他又看花眼了。

他还没来得及问什么，那位年长的过路人就开口了，成功把菲利蒙的注意力从那神奇的手杖上引开了。

"很久以前，"过路人用非常低沉的声调问道，"那里是不是有个湖，就在现在的村庄上面？"

"朋友，我生活的时代不是这样的，"菲利蒙回答说，"正如你所看到的，我已经一大把年纪了。从我记事起，那里一直都是田野和草地，就像现在一样。据我所知，我父亲和祖父生活的时代都是这个样子。毫无疑问，当我哪天离去，渐渐被人遗忘了，它仍然还是这个样子。"

"这可无法预测，"过路人说，他低沉的声音里透着一丝严厉，"既然那边村子里的村民已经没有了他们天性中的仁爱和同情心，那不如让湖水漫过他们的住宅，重新淹没好了。"

这个过路人的表情是那么的严肃，菲利蒙几乎被吓到了。更夸张的是，当他皱着眉时，外面的天色似乎变得更昏暗了；当他一摇头，空中响起了打雷一样的隆隆声。

但是，没过一会儿，过路人的脸变得温和起来，使得菲利蒙忘了刚才的恐惧。他觉得这位年长的过路人尽管穿得如此寒碜，而且徒步而来，但一定不是普通人。当然，菲利蒙并没有把他想象成一个微服出巡的王子，或者任何达官贵人，而认为他是一个游走四方的智者，他蔑视世间的财富和一切世俗，四处求索只为增长智慧。

柏西斯准备晚餐的空当，两位过路人开始和菲利蒙亲切地攀谈起来。事实上，那位年轻人非常健谈，时不时逗得这位善良的老人哈哈大笑，说自己好多天都没见到这么快乐的人。

"请问，我年轻的朋友，"当他们渐渐熟悉起来时，菲利蒙说，"你叫什么？"

年轻的过路人回答说："我叫水银。"

"水银？水银？"菲利蒙看着过路人的脸，重复了一遍，想确定他是不是在捉弄自己，"这是个非常奇怪的名字！你的同伴呢？他的名字也和你的名字一样奇怪吗？"

"你得让雷声告诉你！"水银装出一副神秘的样子回答道，"别的声音都不够响亮。"

如果菲利蒙没有在年长的过路人脸上看到仁慈的神态，他可能会被吓到，无论这句话是真的还是开玩笑的，此刻菲利蒙都对这位年长的过路人产生一种敬畏心。毫无疑问，这位客人一定是来过这间小屋的最高贵的客人。这个过路人不怒自威，让菲利蒙情不自禁地敞开心扉，把心里话全告诉他。

菲利蒙并没有多少秘密可以透露，但他还是饶有兴致地谈起了自己的经历。到目前为止，他从来没有去过二十英里以外的地方。他的老伴儿柏西斯和他从年轻时就住在这间小屋。他们靠辛勤劳动养家糊口，虽然日子过得很清贫，但他们很知足。他还说，柏西斯做的黄油和奶酪多么美味，他花园里种的蔬菜多么可口。他还说，因为他们彼此深爱着对方，所以两人都希望死后能够合葬，就像他们活着的时候一样，一直守护着彼此。

过路人一边听着，一边微笑着点头。这让他威严的脸上露出一丝暖意。

"你是一个善良的老人，"他对菲利蒙说，"你还有一个善良的老伴儿。你的愿望一定会实现的。"

此时，菲利蒙看到西边突然出现一道闪光，点亮了整个天空。

柏西斯此时备好了晚餐，她走到门口，为只能为客人准备一些简单的饭菜而道歉。

"早知道你们要来，"她说，"我和老头子宁可一口不吃，也要让你们吃顿丰盛的晚餐。很遗憾的是，今天我把大部分牛奶都拿来做奶酪了，最后一块面包也已经吃了一半。我从不为贫穷而感到悲哀，除非有贫穷的过路人来敲我们的门时。"

"夫人，一切都会好起来的，不用感到抱歉。"年长的过路人微笑着说道，"对客人真诚、衷心的欢迎会创造奇迹，能把最粗糙的食物变得美味甘甜。"

"欢迎你们，"柏西斯说道，"对了，还有一点我们剩下的蜂蜜，还有一串紫葡萄。"

"啊，柏西斯大妈，这真是一顿丰盛的晚餐！"水银笑着说道，"绝对是一顿大餐！我想我这辈子从来没有觉得这么饿过，你会看到我狼吞虎咽吃下它们。"

"天哪！"柏西斯低声对她的丈夫说，"如果这个年轻人有如此大的胃口，恐怕晚餐只能让他吃个半饱。"

话音刚落，四个人就一起进了小屋。

孩子们，接下来我将告诉你们整个故事中最奇怪的事。你们是否还记得，水银的手杖正靠在小屋的墙边。它的主人进屋时把它遗忘了，它马上展开它的小翅膀，扑扇着飞上了台阶，它一直没有停下来，直到靠在水银的椅子旁边，它就在那里恭恭敬敬地站着。不过，菲利蒙和他的妻子都忙着招呼客人，根本没有注意到这神奇的一幕。

正如柏西斯所言，她为两个饥肠辘辘的过路人准备的晚餐少得可怜。桌子中间有一块剩下的黑面包，面包的一边有一块奶酪，另一边放着一盘蜂蜜，并且，她还为每位客人准备了一串香甜的葡萄。桌子的一角放着一只中等大小的陶罐，里面装着牛奶，当柏西斯倒满两碗牛奶，并把它们放在陌生人面前时，罐子里的牛奶就没有了。唉！当一个慷慨的人发现自己处在捉襟见肘的窘迫环境时，是多么悲哀啊！如果可以的话，善良的柏西斯宁愿在接下来的一个星期里饿着肚子，也希望为这些饥饿的人准备一顿更丰盛的晚餐。

晚餐实在太少了，她不禁希望他们的胃口没那么大。但他们刚坐下来，就一口气把两碗牛奶喝光了。

"好心的柏西斯大妈，请再给我一点牛奶。"水银说，"天太热了，我渴得要命。"

"亲爱的孩子，"柏西斯非常抱歉地说，"奶罐里一滴牛奶也没有了。老头子啊！老头子！我们为什么要吃晚饭呢？"

"啊，我看看，"水银说道，他从桌边跳起来，拿起奶罐的手柄，"我看事情并不像你说的那么糟，奶罐里肯定还有牛奶。"

水银说完之后，就往碗里倒牛奶，让柏西斯吃惊的是，他不仅给自己的碗倒满了，还给同伴的碗倒满了。善良的柏西斯几乎不敢相信自己的眼睛，她刚才明明把牛奶都倒完了，并且把奶罐放在桌子上的时候，还往里瞧了一眼，明明看到罐底了。

"可能我年纪大了，"柏西斯想，"变得健忘，我想我一定是弄错了。不管怎么说，这次倒满两碗之后，罐子现在已经空了吧！"

"多好的牛奶啊！"水银喝完第二碗牛奶后说，"请原谅我，善良的女主人，我要再向您要一点。"

柏西斯刚才清楚地看到，水银倒牛奶时，已经把罐子朝下倒了。显而易见，罐子里不可能再有牛奶了。为了让过路人看到牛奶真的没有了，她抱起了奶罐，做了一个往碗里倒的动作，没想到牛奶竟然被倒了出来，碗里立刻充满了奶，并且还溢出来，从桌子上流到地上，柏西斯惊呆了。夫妻都没注意到；缠绕在水银手杖上的两条蛇伸出了头，开始舔溢出来的牛奶。

此时牛奶散发出诱人的香味！估计菲利蒙唯一的那头奶牛吃的是世界上最肥美的牧草。我希望你们每个人，我亲爱的小可爱们，每天晚餐时都能喝上一碗如此美味的牛奶。

"现在来一片黑面包吧，柏西斯大妈，"水银说，"再来一点蜂蜜。"

于是柏西斯给他切了一片黑面包，这块黑面包在她和丈夫吃的时候又干又硬，和美味毫不相干，但此刻它看起来又松又软，像几个小时前刚出炉一样诱人。她偷偷捡起桌上的面包屑放到嘴里，发现它比以往吃过的任何面包都可口，她简直不敢相信这是她烘烤出来的杰作，然而不是她，又是谁呢？

还有那可口的蜂蜜，我都不知道用什么词儿来形容它的味道和外观，真的太诱人了。单是它的颜色，就像金子一样，并且纯净而透明，散发出的芬芳能和一千朵花相媲美。香味在厨房里飘来飘去，让人变得心情愉悦，以至于闭上眼睛，

就会立刻忘记低矮的天花板和烟熏火燎的墙，幻想自己处在一个凉亭里，头上的金银花爬满了凉亭。

善良的柏西斯虽然是个单纯的老太太，但她还是发现现在发生的一切有些异乎寻常。于是，在递给客人面包和蜂蜜，并在每个人的盘子旁放上一串葡萄之后，她就坐到菲利蒙身边，低声告诉他自己所看到的一切。

"你听说过类似的事吗？"她问。

"没有，从来没有，"菲利蒙微笑着回答，"我倒觉得，你一定是在说梦话。如果我倒牛奶的话，我会立刻看出怎么回事，罐子里的牛奶估计比你想的要多一点，仅此而已。"

"啊，老头子，"柏西斯说，"随你怎么说，反正这两个人很不寻常。"

"好吧，好吧，"菲利蒙仍然微笑着回答，"他们看上去像过过好日子的人，看到他们吃上一顿如此美味的晚餐，我由衷地高兴。"

两位客人从盘子里拿起葡萄时，柏西斯觉得那两串葡萄变得越来越大、越来越饱满，似乎都要爆出葡萄汁了。她完全搞不懂是什么情况，那根长在小屋墙上的又老又矮小的葡萄藤怎么会结出这么大的葡萄来？

"这些葡萄真棒！"水银说，他一个接一个地吞下去，但他那串葡萄看起来并没有减少，"请问，你们是从哪里摘到的？"

"从自家的葡萄藤上。"菲利蒙回答，"就在那边，它的一根藤条扭曲着穿过窗户。但我和老婆子从不认为这些葡萄很好吃。"

"我从没有尝过这么好吃的晚餐，"客人说，"如果您愿意的话，再给我来碗美味的牛奶吧，那样我的这顿饭将吃得比王子还好。"

这一次，菲利蒙站了起来，他拿起了奶罐，因为他很想知道柏西斯低声对他说的是不是真的。他知道自己的妻子是不会说谎的，一般她认为是正确的事，很少出现问题。可是这件事实在是太离奇了，所以他要亲自弄明白。他一拿起奶罐，就偷偷地往里瞄了瞄，发现里面连一滴牛奶也没有，他非常满意。突然，他看到一股白色的小喷泉从奶罐底部喷涌而出，迅速灌满了奶罐。好在菲利蒙惊讶之余，没有让神奇的奶罐掉在地上。

"创造奇迹的陌生人，你们是谁？"菲利蒙说道，他此刻比他的妻子还要困惑。

"善良的菲利蒙，我们是你的客人，也是你的朋友，"年长的过路人用他温和而低沉的声音回答道，"也请给我倒碗牛奶，愿你的奶罐永远不会空。"

吃完晚饭后，两个过路人请求老两口儿领他们到休息的地方。老两口儿倒很乐意和他们多聊一会儿，因为他们想解开自己所有的疑惑。看到可怜的晚餐变得比他们希望的好得多、丰富得多，他们很开心。但是年长的过路人又让他们充满敬畏，他们不敢轻易问他任何问题。菲利蒙把水银拉到一边，问他那个罐子里怎么会突然有牛奶冒出，水银指了指他的手杖。

"这就是全部秘密，"水银说，"如果你能看出其中的秘密，我会非常感谢你把秘密分享给我。我不知道我的手杖怎么回事儿，它总是玩这样奇怪的把戏，有时给我弄一顿晚饭，有时又会把晚餐偷走。可以说，那根手杖拥有魔法。"

他没有再说什么，只是狡黠地望着他们的脸，搞得老两口儿以为水银在嘲笑他们。当水银离开房间时，魔法手杖也跟着他出去了。屋里只剩下这对善良的老夫妇时，他们谈论了一会儿刚才发生的事情，然后躺在木板上很快就睡着了。是的，他们把自己的卧室让给了客人，家里没有多余的床铺，他们只能睡在木板上，我真希望这张木板像他们的心一样柔软。

第二天清晨，老两口儿很早就起床了，两个过路人也在太阳升起前起了床，并准备离开。菲利蒙热情地请他们再多逗留一会儿，也许还能给他们找几个新鲜的鸡蛋当早餐。然而，客人们似乎认为最好在天气炎热之前动身。因此，他们坚持离开，但请求夫妇俩送他们一程，以便为他们指明道路。

于是，四人从小屋里出来，一边走，一边像老朋友一样聊天。在不知不觉中，老夫妇与那位年长的过路人越来越熟，至于水银，似乎能一眼看穿他们，甚至能洞察到他们没有意识到的每个念头。有时候，老夫妇甚至想让水银扔掉手杖，因为它看起来是那么神秘、那么顽皮，上面的蛇总在扭动。而且，他们很乐意让水银留下来，即使他带着那根手杖留下来，也没有关系。

"真悲哀！"当他们走了一小段路后，菲利蒙说道，"如果我们的邻居知道善待过路人是一件多么幸福的事，他们就会把所有的狗都拴起来，而且不会允许孩子们再扔一块石头。"

"真是罪过呀，也是耻辱，他们竟然如此放肆！"柏西斯也激动地喊道，"我今天就打算过去告诉那些人，他们的行为是多么可耻！"

"我很担心，"水银狡黠地笑道，"你找不到任何人了。"

就在这时，那位年长的过路人皱起眉头，显得那么严厉、可怕，但又带着一丝安详，老两口儿不敢再说一句，只是虔诚地看向他的脸。

"如果人们不把最卑微的过路人当兄弟看待，"年长的过路人说，"他们就不配生活在为爱而生的地球上。"

"顺便问一下，亲爱的二老，"水银说道，他眼里充满了欢乐，并带着一副恶作剧的神情，"你们说的那个村庄在哪里？它在我们的哪一边？我想我并没有看到它。"

菲利蒙和妻子转过头看山谷。就在前一天黄昏，他们还看到草地、房屋、花园、树木、绿树成荫的宽阔街道，孩子们在街道上玩耍，可是现在，村庄完全消失了，那个山谷也消失了，取而代之的是一个湖，湖水倒映着周围的山峦，湖面安静得就像它自世界诞生以来就在那里一样。

这让老两口儿非常困惑，他们仿佛在做梦，梦见一个村庄坐落在那里。紧接着，他们又记起了那些消失的房子，以及村民们的面孔、性格。啊，这根本不是梦，村子昨天还在那儿，现在却不见了！

"唉！"善良的老夫妇一起说道，"我们可怜的邻居们怎么了？"

"他们不再属于人类，"年长的过路人大声说，同时远处的天空似乎响起隆隆的雷声，"他们从没有尝试用自己的善意来抚平或减轻人间的痛苦，心中也没有任何美好的向往，因此，那古老的湖又重新冒出来了。"

"至于那些愚蠢的人，"水银带着顽皮的笑容说，"他们都变成了鱼。柏西斯大妈，每当您或者菲利蒙大叔想吃烤鳟鱼时，您就可以扔一根渔线下去，兴许钓上来的还是您的老邻居。"

"啊，"柏西斯颤抖着说道，"无论如何，我都不会把他们中的任何一个放在烤架上。"

"不，"菲利蒙苦笑着补充道，"我们永远不会吃它们。"

"至于你，好心的菲利蒙，"年长的过路人继续说，"还有好心的柏西斯，你们的收入虽然少得可怜，但你们对无家可归的过路人的款待却那么真诚，让牛奶成了取之不尽、用之不竭的甘露，黑面包和蜂蜜也成了美味佳肴。因此，在你的餐桌上享用的食物，和神灵在奥林匹斯山①上享用的食物一样。你们做得很好，无论你们心里想要什么恩惠，都能实现。"

菲利蒙和柏西斯面面相觑，其中一人说了他们共同的愿望。

"因为我们彼此相爱，就让我们在活着的时候一起生活，在死时一起离开这个世界吧！"

"你们会如愿的！"年长的过路人说道，"现在，朝你们的小屋看看！"

他们照做了。让他们惊讶的是，在他们原来那个破旧小屋的位置上出现了一座高大的白色大理石宫殿，此时正敞开着大门。

"以后那里就是你们的家，"年长的过路人微笑着说，"你们可以在那里尽情地招待过路的穷人，就像你们昨天晚上在那间破旧屋子里招待我们一样。"

老夫妇赶紧跪下来感谢他，抬起头时，他和水银已经消

① 古希腊人将这座山视为神山，众多神灵都住在山顶。

失了。

于是，夫妻俩在大理石宫殿里住了下来，他们乐意花大把时间让每个过路人都感到快乐和舒适。我还要特别说一下那个神奇的奶罐，它永远不会空。如果是正直快乐、无忧无虑的过路人喝从里面倒出的牛奶，他会觉得这是他喝过的最甘甜、最提神的饮料。但是，如果是脾气暴躁、令人讨厌的家伙喝它时，他会立刻把脸拧成一团，然后说这是一罐馊了的牛奶。

就这样，夫妇俩又在那里住了很长时间。在这期间，他们逐渐变老，身体也越来越差。在一个夏日的清晨，夫妇俩没有像往常一样带着热情的微笑出现在过路人的面前，也没有邀请他们吃早饭。过路人四处寻找他们，从宽敞的宫殿的顶部找到底部，但都没有找到他们。突然，困惑不已的他们发现，大门前居然长出了两棵参天大树，两棵大树的根深深地扎进了土壤里，一大片树叶遮蔽了整个宫殿的正面。

这两棵树一棵是橡树，另一棵是菩提树。它们的树枝相互缠绕在一起，就像两个人拥抱在一起。

这两棵树需要好多年才能长成，如何在一夜之间长得如此高大？就在人们感到惊讶时，一阵微风吹来，吹动了它们交织在一起的树枝。接着，空中响起了低沉而宽广的声音，仿佛这两棵神秘的树在说话。

"我是菲利蒙！"橡树低声说。

"我是柏西斯！"菩提树喃喃地说。

随着风越来越大，两棵树似乎同时说着话："菲利蒙！柏西斯！柏西斯！菲利蒙！"仿佛你中有我，我中有你，彼此深入交谈着。很明显，菲利蒙变成了一棵橡树，柏西斯变成了一棵菩提树。这对善良的老夫妇变成树后，重新焕发了生机，将共同度过下一个安静而愉快的百年。它们还不忘在四周投下一片阴凉。每当过路人在树下休息，就会听到头顶上树叶发出的沙沙声，人们很好奇这声音为何像人类在低语，似乎在说："欢迎，欢迎，亲爱的过路人，非常欢迎！"

有个善良的人知道如何让柏西斯和菲利蒙开心，他在树干周围搭了一圈座椅，在那之后的很长一段时间里，那些疲倦的、饥饿的和口渴的人就在那里休息，用那神奇的奶罐大口地喝牛奶。

我真希望那个奶罐现在就在我们手中。

✹ PART 3　故事结束后

地点：一个山坡上

"那个奶罐能装多少牛奶？"香蕨木问。

"它装不了多少，"尤斯塔斯回答，"但是，如果你愿意的话，可以一直往外倒牛奶。事实上，它能永远倒出牛奶，就像那条从山坡上汩汩流下来的小溪一样。"

"那奶罐现在怎么样了？"某个小男孩儿问。

"很遗憾地告诉你，它在 25 000 年前被打碎了。"尤斯塔斯回答，"人们虽然拼尽全力把它补好了，但牛奶再也没有自动冒出来。与其他破陶罐相比，它并没有什么特别的。"

"太可惜了吧！"孩子们异口同声地说。

在爬山坡时，陪伴他们的动物有那条叫本的狗，以及一条半大的纽芬兰犬，因为它和熊一样黑，所以大家都叫它布鲁因。本年纪大了，小心又谨慎，尤斯塔斯将本留下来照看四个孩子，免得他们调皮捣蛋。至于布鲁因，它只是个狗崽儿，尤斯塔斯认为最好带着它，免得它和孩子们疯玩儿时把他们绊倒，让他们从山上滚下来。尤斯塔斯叫流星花、香蕨木、蒲公英和南瓜花在原地待着，然后带着报春花和大一点的孩子们开始往上爬，很快就消失在树林里。

喀迈拉

一只可怕的怪物名叫喀迈拉，
它所干的坏事从现在说到日落也说不完。

✳ PART 1　引子

地点：光秃秃的山顶

　　尤斯塔斯带着孩子们沿着树木丛生的陡坡继续向上爬。路旁的树已经长出很多枝叶，但还不够茂盛。明媚的阳光洒在新生的叶子上，使叶子绿得发亮。脚下棕色的落叶下面，半露着一些长满青苔的岩石，还有一些很久以前就倒下的树干，虽然腐烂了，但仍旧笔直地横在原地。另外，一些被冬天凛冽的寒风吹倒的枯枝。尽管这里看上去有些萧条，但木头的表面却露出浓浓的生机。无论朝哪个方向看，你都能感觉到鲜亮、绿色的生命在显现，它们为美好的夏天做足了准备。

　　一段时间后，一行人爬到了山顶。山顶不是陡峭的山峰，也不是巨大的圆顶，而是一片相当宽阔的平原，或者说是台地，远处有一座房子和一间谷仓，住着孤零零的一家人。这荒凉而孤寂的住所下面常年云雾缭绕。原来，山谷里的雨以及暴风雪都是这些云雾带来的。

　　山顶的最高处放着一堆石头，石头的中央插着一根长杆，长杆的顶端有一面小旗子，正迎风飘扬。尤斯塔斯带着孩子们走了过去，他让大家四处看看，看看美丽的世界是多么的广阔，孩子们十分配合。

南面的纪念碑山仍然是所有景色的中心，但似乎已经沉陷下去了，而在它之后的塔科尼克山脉却显得比以前更巍峨雄壮了。那个美丽的湖，此刻尽收眼底，连带所有的小水湾和溪流入口也看得清清楚楚。不仅如此，还有两三个不知名的湖泊用蓝色的眼睛看着太阳。远处分布着几个村庄，每个村庄都有尖塔。此外，山下还有一个个农场，围着大片的林地、牧场、草地和耕地。眼前的景物让孩子们目不暇接，他们一直认为坦格活德庄园是这里的制高点，现在发现它只占据一点点空间，以至于他们极目远望，向四周搜寻了半天，才发现它的位置。

往西很远的地方，是一片蓝色的山脉，尤斯塔斯告诉孩子们，那就是卡茨基尔山。他说，在雾蒙蒙的山脉中，有几个荷兰老头正没完没了地玩一种叫九柱球的游戏，还有个叫瑞普·凡·温克尔的懒汉在那儿睡着了，这一睡就是 20 年。孩子们急切地想要尤斯塔斯把这个奇妙的故事讲给他们。但尤斯塔斯回答说，这个故事已经有人讲过了，而且讲得很好，没有人能超越他。在这个故事像《戈耳工的头》《三个金苹果》以及其他神奇的故事一样古老，谁也无权改动其中的任何一个字。

长春花说："我们在这里休息、看风景的时候，你可以给我们讲一个你自己构思的故事。"

"是的，尤斯塔斯表哥，"报春花说道，"我建议你给我们讲个故事。你可以找一些虚幻的话题，看看自己是否能驾驭它。说不定山间的空气会让你充满灵感呢。而且，不管故事多么离奇、多么怪异，我们都会相信的。"

"你们相信世上曾经有一匹带翅膀的飞马吗？"尤斯塔斯问。

"相信，"报春花调皮地说，"但我担心你永远抓不到它。"

"说到这个，报春花，"尤斯塔斯回答道，"我也许能抓住珀伽索斯①，并爬到它的背上，我知道已经有十几个人都做到了。好吧，我要讲的就是关于它的故事，在世界上所有的地方中，最适合在山顶上讲这个故事。"

于是，尤斯塔斯坐在那堆石头上，孩子们围绕着石堆坐下，开始听他讲这个故事。

✸ PART 2　故事开始啦

很久很久以前，在希腊这片土地上，有一股神奇的清泉，它被发现时，就一直顺着山坡流下，据我所知，在几千年后的今天，它仍然流淌着。有一天，一个叫柏勒洛丰的英俊年轻人来到泉边，他手里拿着一个辔头，上面镶满了耀眼的宝石，还配着一个纯金打造的马嚼子。他看到泉水边站着一个老人、一个中年人、一个小男孩儿，还有一个少女正在用水罐舀水，于是他停了下来，向少女请求喝口水解解渴、提提神。

"这水真解渴，"他喝完水，顺便冲了水罐并装满，然后对少女说，"这股泉水有名字吗？"

———————————

① 希腊神话中的神马，身上有翅膀，马蹄踩过的地方会有泉水涌出。

"有的，它叫皮瑞涅泪泉。"少女回答，然后接着说，"我的祖母告诉我，这清澈的泉水源于一位美丽的母亲。她的儿子被狄安娜①用箭射死后，她的眼泪化成了这股清泉。所以，你觉得清凉、甘甜的水，其实是那位可怜母亲的眼泪。"

"我做梦也想不到，"柏勒洛丰说，"如此清澈的泉水竟然是那位母亲的眼泪。美丽的少女，谢谢你把它的名字告诉我。我从一个遥远的国度来，要找的正是它。"

那个中年人此时正赶着牛到泉边喝水，他目不转睛地盯着年轻的柏勒洛丰和他手里漂亮的辔头。

"朋友，如果你跑这么远只是为了找到皮瑞涅泪泉的话，那你国家的河里的水位一定越来越低了，"他说，"还有，你是把马弄丢了吗？我看见你手里拿着辔头，它真漂亮，上面还镶着那么明亮的宝石。如果这匹马和辔头一样好的话，丢了就太可惜了。"

"我没有丢马。"柏勒洛丰笑着说，"不过，我正好要找一匹非常有名的马，有个智者告诉我，这里一定可以找到它。你知道珀伽索斯吗？在我们祖先生活的时代，它经常在皮瑞涅泪泉附近出没，现在还是这样吗？"

孩子们，你们当中可能有人听说过，珀伽索斯是一匹雪白的马，长着一对美丽的银色翅膀，并且大部分时间都待在赫利孔山的山顶上②。它是世界上独一无二的生物，它没有伙伴，也从未被人类主宰，在漫长的岁月里，它过着逍遥自在的生活。

从前，有人经常看见珀伽索斯在皮瑞涅泪泉附近喝着甘

---

① 罗马神话中的女神。即希腊神话中的狩猎女神，也叫阿耳忒弥斯。
② 希腊神话中缪斯居住的地方，一年里大部分时间被积雪覆盖。

甜的泉水，或者在泉边的柔软草地上打滚儿。因此，我们那些相信世界上有飞马的祖辈，经常来到皮瑞涅泪泉边，希望一睹珀伽索斯的风采。但是，近年来它很少露面。连住在离泉水只有半小时路程的乡民，也很少见过珀伽索斯，所以他们并不相信世界上有这种生物。和柏勒洛丰说话的那个中年人就是其中一个，因此他放声大笑起来。

"珀伽索斯，好笑！"中年人说道，把他的鼻子扬得高高的，就像脸上只长了鼻孔一样，"还是一匹飞马？朋友，你是疯了吗？马长出翅膀有什么用呢？它能耕地吗？当然，肯定能节省打蹄铁的钱。但是，你希望你的马从马厩里飞出去吗？或者你想让它去磨坊，而它却把你带到了云端？哈哈！我不相信世上有珀伽索斯，它像马又像鸟，世界上不可能有这么可笑的生物。"

"我不这么认为。"柏勒洛丰平静地说。

随后，他把身子转向那位老人，老人正倚在手杖上，全神贯注地听着他们的谈话。他的头向前伸着，可见有些耳背。

"你说呢？尊敬的先生！"柏勒洛丰问道，"我想，你年轻的时候一定经常看到那匹长着翅膀的马吧！"

"啊，年轻人，我的记性不好！"老人说，"如果我没记错的话，我在很小的时候和其他人一样，相信世上有这样一匹马。但现在，我几乎不知道该不该相信，因为我很少想起那匹飞马。即使见过它，那也是很久很久以前的事了，说实话，我都怀疑是否真的见过它。当然，在我还年轻的时候，有一天，我看见一些马蹄印出现在泉边，也许是珀伽索斯留下的，当然，也说不准是别的马留下的。"

"你从没见过它吗？美丽的姑娘！"柏勒洛丰接着又问那

个头上顶着水罐的少女，"如果有人能见到珀伽索斯的话，那肯定是你，因为你有一双明亮的眼睛。"

"我想，我曾经遇到过它，"少女笑着回答，脸上泛起了红晕，"它要么是飞马，要么是一只白色的大鸟，飞在很高的空中。还有一次，我正好来取水，听到了马的嘶鸣声，那声音听起来轻快而悦耳。听到这声音后，我很激动。不过，它还是把我吓了一跳，所以我扔下水罐就跑回家了。"

"太可惜了！"柏勒洛丰说。

他把身子转向那个小男孩儿，他正张着嘴巴望着他，孩子们总是喜欢盯着陌生人看。

"好吧，小家伙，"柏勒洛丰说道，并且顽皮地拉着他的一撮卷发，"我想你经常看到那匹长翅膀的马，是吧？"

"是的，"孩子很爽快地回答，"我昨天刚好见过它，以前也见过很多次。"

"真是个可爱的小家伙！"柏勒洛丰一边说着，一边把孩子拉到他身边，"来，把你所看到的告诉我。"

小男孩儿回答说："好的。我经常到这里，在泉水中玩儿小船，或者从泉水旁捡漂亮的鹅卵石。有时，我往水里看时，会看到那匹能飞的马。真希望它能下来，我好骑在它的背上，让它带我到月亮上看一看。但是，我稍微动一动身体，它就会飞出很远，消失得无影无踪。"

柏勒洛丰相信那个在水中看到了珀伽索斯倒影的孩子，也相信那个听到珀伽索斯发出悦耳的嘶鸣声的少女；他不相信那个只知道拉马车的中年人，也不相信那个忘记了年轻时曾看到美好事物的老人。

因此，接下来的许多天，他一直徘徊在皮瑞涅泪泉附近。

他时不时抬头盯着天空，或者埋头观察水面，他希望能看到那匹飞马的倒影，或者看到它出现在天空。他手里一直拿着那个镶满宝石的辔头以及金嚼子，等待珀伽索斯的出现。附近的乡民赶着牲口到泉边喝水时，有的嘲笑可怜的柏勒洛丰，有的严厉指责他，说像他这样身体健壮的年轻人应该有更好的追求，而不是把时间浪费在这件毫无意义的事儿上。如果他想得到一匹马，他们可以卖给他。当柏勒洛丰拒绝时，他们又想试图买走那个上好的辔头。

就连那帮乡民的孩子也认为他很愚蠢，他们常常搞恶作剧，就算被柏勒洛丰发现，他们也毫不害怕。例如，一个小顽童会扮成飞马，假装自己在飞行，并做出奇怪的跳跃动作，而另一个伙伴会跟在他的身后蹦蹦跳跳，手里拿着一束灯芯草，假装是柏勒洛丰的辔头。但那个曾在水里看到过珀伽索斯倒影的男孩儿，一直很温和地对待柏勒洛丰，小男孩儿对他的安慰超过了所有顽皮孩子对他的折磨。这个可爱的小家伙经常在玩耍时间坐到他身边，一言不发，他会低头看一会儿水里，或者抬头看一会儿天空，带着最纯真的信念，这一切让柏勒洛丰备受鼓舞。

现在，你也许想知道，为什么柏勒洛丰非要抓住那匹飞马？在他等待珀伽索斯出现时，我先说下来龙去脉。

如果我把柏勒洛丰以前的冒险经历都讲一遍，故事会变得很长，这里只能简单概括一下。在亚洲的一个国家，出现了一只可怕的怪物，名叫喀迈拉，它所干的坏事从现在说到日落也说不完。根据我掌握的可靠消息，这个怪物是世界上最丑陋、最恶毒的生物，也是世界上最奇怪、最不可思议、最难对付的生物，不管谁碰到它，都很难逃脱。它长着像蟒

137

蛇一样的尾巴，至于它的身体像什么，我无法形容。它还有三个不同的头，一个是狮子头，另一个是山羊头，剩下那个是大得可怕的蛇头，这三个头的嘴巴一直喷着炽热的火焰。我曾疑惑这只怪物是否长着翅膀，但不管它有没有翅膀，它跑起来的速度都很快。

这个可恶的家伙干了很多坏事，它喷出去的火焰点燃了周围的森林，烧毁了田里的庄稼，甚至烧毁了整个村庄。它毁掉了周围能毁掉的一切，还经常把周围的居民或动物生吞下去，让他们在炙热的胃里被烤熟。听我说，孩子们，我希望我们永远都不会碰到可怕的喀迈拉。

当这只可恶的怪物四处为非作歹时，一个偶然的机会，柏勒洛丰来到了这里，并拜访了国王。国王叫约巴提，他统治着吕西亚这个国家。而柏勒洛丰是世界上最勇敢的年轻人，渴望做一些有益于人类的事情，这样他就能得到人们的钦佩和爱戴。在那个年代，年轻人要想脱颖而出，唯一的办法就是战斗，要么和邪恶的巨人战斗，要么和难缠的龙战斗。国王约巴提看到这位年轻的来访者充满勇气，就请求他杀掉喀迈拉。因为如果不把它除掉，整个吕西亚就变成沙漠了。当时，一提到喀迈拉，人们都会惊恐，但柏勒洛丰却毫不犹豫地答应了国王的请求，并向国王保证，要么杀死这个可怕的喀迈拉，要么自己死在战斗中。

那怪物的速度快得惊人，柏勒洛丰要想取胜，就要找一匹最好、最快的马。世上还有哪匹马的速度能有珀伽索斯的一半快呢？飞马既有翅膀，也有腿，而且在空中飞行时，要比在地面还要灵活。当然，很多人都不相信世界上有长翅膀的马，他们说，关于它的故事，只在诗歌中看到过。尽管它的一切都显得那么神奇，但柏勒洛丰仍然相信珀伽索斯是一匹真正的马，并希望能找到它。更重要的是，一旦能骑在它的背上，他与喀迈拉战斗就有了胜算。

这就是柏勒洛丰手里总是拿着镶满宝石的辔头，从遥远的吕西亚来到希腊的原因。这是一个被施了魔法的辔头，只要他能把金嚼子成功塞进珀伽索斯的嘴里，这匹飞马就会变得温顺，并将他当成主人，带着他飞到任何他想去的地方。

柏勒洛丰一直守在泉水边，耐心地等着珀伽索斯，希望它能来喝水。事实上，他等得疲惫而焦虑，他怕约巴提国王认为他临阵逃脱了。一想到这怪物还在一刻不停地干着坏事，而他此刻却不能和它搏斗，只能干坐在泉水边，他就异常痛苦。由于珀伽索斯近年来很少露面，而且很少在泉边停留，所以柏勒洛丰很担心，在飞马出现之前，他将变成一个双手失去力气、内心也失去勇气的老人。

好在那个温柔的男孩儿很喜欢柏勒洛丰，总是不厌其烦地陪伴他。每天早晨，孩子都给他的心里注入新的希望，以此替代昨天那个破灭的希望。

"亲爱的柏勒洛丰，"小男孩儿望着柏勒洛丰的脸说道，"我想我们今天肯定会碰到珀伽索斯。"

如果不是小男孩儿一直鼓励着柏勒洛丰，他可能早早就放弃了，然后独自回到吕西亚，不借助飞马的力量，与喀迈拉决一死战。如果这样的话，可怜的柏勒洛丰就算不被那个怪物吞掉，也会被那怪物吐出的火焰烧得遍体鳞伤。除非骑上飞马，否则不要和喀迈拉正面对抗。

一天早晨，小男孩儿对柏勒洛丰说话的语气比任何时候都欢快。

"亲爱的柏勒洛丰，"他喊道，"不知道为什么，我预感我们今天一定能见到珀伽索斯！"

接下来的一天，他寸步不离柏勒洛丰，他们一起吃了一块饼，又喝了些泉水。下午，他们坐在那里，柏勒洛丰伸出胳膊搂住了小男孩儿，小男孩儿也把他的一只小手放在柏勒洛丰的手上。小男孩儿此刻陷入了沉思，眼睛漫无目的地望着那些为泉水盖上阴影的树干和攀上枝头的葡萄藤。此刻他感到悲伤，因为柏勒洛丰的希望似乎又要落空了。他的眼里不知不觉蓄满了泪水，有两三滴眼泪还掉落下来。

不经意间，柏勒洛丰感到孩子的小手压了压他，并低声细语地说："瞧，亲爱的柏勒洛丰！水里有个身影！"

柏勒洛丰往水面看去，他以为看到的是只鸟，一只飞得很高的鸟，它银色的翅膀上闪烁着一道强光。

"真漂亮啊，这只鸟！"他说，"而且我猜想它一定是只大鸟。别看它飞得比云还高，但看起来还是那么大。"

"它让我颤抖！"小男孩儿小声说道，"虽然它很美，但我不敢抬头看天空，我只敢看它在水里的倒影。亲爱的柏勒洛丰，你难道看不出那不是鸟吗？那是珀伽索斯！"

柏勒洛丰的心开始怦怦乱跳。他猛地抬起头，那个长着翅膀的动物却不见了，原来就在他抬头的瞬间，它已经钻进云层中。但只过了片刻，它又出现了，果然是珀伽索斯，之后它慢慢地降落，只是离地面还有很远的距离。柏勒洛丰一把将小男孩儿拽到怀里，并躲进泉水附近那片茂密的灌木丛里。他并不担心飞马会伤到他们，而是担心它一旦发现他们，就会飞得远远的，落在某个人类根本无法到达的山顶。它可是一匹会飞的马！他们等了它这么久，终于等到它来皮瑞涅泪泉了。

空中的飞马离地面越来越近，最后，它轻轻地落在地面，几乎没有压倒周围的草，也没在泉边的沙地上留下马蹄印。它开始垂下那巨大的头，大口喝起了泉水，之后又静静地回味了一番，再接着喝泉水。在这个世上，珀伽索斯再也找不到比皮瑞涅泪泉更好喝的水了，它对这里喜爱至极。解渴以后，珀伽索斯啃了几朵三叶草的花，细细品尝着，它并不想饱餐一顿，因为长在高耸入云的赫利孔山上的肥美的草，比这里的草更合它的口味。

随后，珀伽索斯又心满意足地喝了些泉水，象征性地吃了一点草，就开始来回蹦跶起来，似乎在跳舞，那滑稽的动作令人忍俊不禁。它像红雀一样一边轻快地扇动着大翅膀，一边小跑着，马蹄子一直处于半着地半腾空的状态，不知道是在飞行还是在飞奔。如果一只会飞的动物在奔跑，可能只是为了消遣，珀伽索斯便是如此。与此同时，躲在灌木丛的柏勒洛丰正拉着小男孩儿的手，从灌木丛向外张望，他从来没有见过如此美好的景象，也没见过哪匹马的眼睛像珀伽索斯的眼睛那样充满生气。想到马上要给它套上辔头，并骑在它的背上，他就觉得这似乎是一种恶行。

有一两次，珀伽索斯忽然停了下来，朝周围嗅了嗅，警觉地竖起耳朵，仰起头观察着周围的一切，好像怀疑有危险。可是，它没看到任何东西，也没听到什么声音，之后又开始了它的滑稽表演。

不一会儿，珀伽索斯收起翅膀，卧在绿油油的、柔软的草地上，它倒不是累了，只是无所事事、慵懒自在惯了。但由于长时间待在天上，它根本无法安静下来，很快就翻了个身，四脚朝天打起滚儿来。上天并没有给它安排伙伴，它也不需要伙伴，它已经习惯了独来独往，并且保持了几百年，在这一段时间，它一直过得逍遥自在。柏勒洛丰和小男孩儿就这样躲着，大气都不敢喘一下，不仅是因为对它充满敬畏，更重要的是，他们害怕最轻微的震动或低语也会惊到它，那它会像箭一样飞到天上去。

最后，珀伽索斯打滚儿打累了，像其他马一样翻过身来，懒洋洋地伸出前腿，打算站起来。柏勒洛丰早就猜到它要站起来，于是从灌木丛中冲了出来，跨到它的背上。

是的，他办到了，他坐在了那匹飞马的背上。

当珀伽索斯感觉到有凡人骑在它身上时，你不知道它跳得有多高。这一跳可不得了，柏勒洛丰还没来得及喘口气，就已经处在五百英尺的高空。它继续向上冲，途中柏勒洛丰感到飞马浑身在颤抖，它又害怕又愤怒，一边飞着，一边喷出很重的鼻息。它向上，不断向上……直到一头扎进了冰冷的云团之中。就在不久前，柏勒洛丰还在注视着这片云团，还把它想象成一个非常舒适的地方。接着，珀伽索斯又像霹雳一样从云团中俯冲下来，仿佛要把自己连同背上的人一起撞到石头上。接着，它又原地蹦跶了不下 1 000 次，并做出最激烈的跳跃动作。

它不停地变换着方向，向四面八方窜着，我无法具体描述它的动作。只见它直立起来，前腿搭在一团云雾上，后腿悬空。之后，在离地面大约两英里的高度，它的后腿向后一蹬，翅膀朝上，头直接埋在两腿之间，原地翻了个筋斗，以至于柏勒洛丰的脚跟就到了刚才它的头所在的位置，从向上看天空变成了向下看。珀伽索斯发现所做的一切都是徒劳，

就扭过头来，眼睛里冒着火，恶狠狠地看着柏勒洛丰的脸，恨不得狠狠地撕咬他。它疯狂地拍打着翅膀，此时，一根银色的羽毛被抖了下来，轻轻地飘向地面，如果被小男孩儿捡起来，他肯定会珍藏一辈子。

柏勒洛丰是一名优秀的骑手，他一直等待时机，最后成功把魔法辔头的金嚼子塞进珀伽索斯嘴里。这一切刚做完，它立刻变得温顺起来，就好像它一直由柏勒洛丰喂养一样。说实话，看到这么凶猛的动物突然变得如此温顺，我很难过，珀伽索斯也有同样的感受。它回头看了看柏勒洛丰，美丽的眼睛里不再有怒火，而是噙着眼泪。但当柏勒洛丰拍了拍它的头、说了几句亲切的话时，珀伽索斯出现了开心的神情，因为在经历了那么多孤独的岁月之后，它终于找到了伙伴，或者说是主人。

在珀伽索斯竭尽全力想把柏勒洛丰从背上甩下来之前，已经飞了很长一段距离。在珀伽索斯被塞进马嚼子后，它飞到了一座高耸的山。柏勒洛丰以前见过这座山，知道它就是赫利孔山，山顶正是飞马的栖息地。珀伽索斯落在山顶，然后扭头温柔地看着柏勒洛丰，好像在请求他离开。柏勒洛丰从马背上跳了下来，但仍然紧紧抓着辔头。然而，当他与珀伽索斯的目光相遇时，被其所打动，想到它一直过着自由的生活，他心软了。如果珀伽索斯仍然向往自由，他实在不忍心把它禁锢起来。

于是，他顺从了内心想法，从珀伽索斯的头上摘下了那个施了魔法的辔头，并从它嘴里取出了马嚼子。

"你走吧，珀伽索斯！"他说，"要么离开我，要么接受我。"

只一瞬间，珀伽索斯就从山顶直冲而下，消失得无影无踪。此时太阳已经落山了，山顶变得昏暗，四周都笼罩上了浓浓的暮色。而珀伽索斯飞得很高，赶上已离去的白昼，沐浴在明媚的阳光下。它越飞越高，看起来就像一个明亮的小点，最后消失在空旷的天空中。柏勒洛丰害怕再也见不到它了，正当他为自己的愚蠢行为而后悔时，那个明亮的小点又出现了，而且越来越近，最后降到阳光照不到的地方。瞧，珀伽索斯又回来了！经历过这一次，柏勒洛丰不再担心飞马会逃跑了，显然，他和珀伽索斯成了彼此信任的朋友。

那天晚上，他和珀伽索斯一起睡下，柏勒洛丰的手臂搂着珀伽索斯的脖子，这倒不是害怕它逃走，而是出于友善。天刚蒙蒙亮，他和珀伽索斯就醒了，用各自的方式互道早安。

就这样，柏勒洛丰和珀伽索斯一起待了几天，彼此越来越熟悉，也越来越喜欢对方。之后，他和珀伽索斯进行了长途飞行，有时飞得很高，那里看到的地球都没有月亮大。他和珀伽索斯还飞到了异国他乡，当地的居民为之惊讶，他们都认为这位骑在飞马上的英俊年轻人一定是从天上来的。一天一千英里，这对飞行速度极快的珀伽索斯来说不过是小菜一碟。柏勒洛丰也很喜欢这种生活，没有什么比晴朗的高空更让人感到舒适，因为那里阳光明媚，而海拔较低的地方可能阴雨绵绵。但他无法忘记可怕的喀迈拉，他曾向国王约巴提承诺要杀死它。所以，当他完全掌握了空中骑术，能用最轻微的动作驾驭珀伽索斯，并教会它听从指令时，他开始了这次冒险之旅。

某天黎明时分，柏勒洛丰一睁开眼睛，就轻轻摸了摸飞马的耳朵，试着唤醒它。珀伽索斯立即一跃而起，绕着山顶飞了一圈，以展示它已经完全清醒，并准备好了远行。在这段短暂的飞行中，它一边飞着，一边发出响亮、轻快、悠扬的嘶鸣声，最后轻轻地落在柏勒洛丰的身边。

"干得好，亲爱的珀伽索斯！干得好，我的天马！"柏勒洛丰说道，他亲切地抚摸着珀伽索斯的脖子，"现在，我疾如闪电的朋友，该开饭了，接下来我们要和可怕的喀迈拉决一死战。"

他和珀伽索斯吃完早饭，又喝了一些希波克林泉①的水，之后珀伽索斯主动把头伸过去，好让主人给它套上辔头。接着，它又蹦又跳，表示迫不及待要出发了。彼时，柏勒洛丰带上他的佩剑，并把盾牌挂在脖子上，准备接下来的战斗。一切准备就绪，柏勒洛丰上马。长途跋涉前，他通常会让珀伽索斯垂直飞到五英里的高空，以便更好地认清路线。然后他让珀伽索斯转向东方，动身前往吕西亚。没过多久，他和珀伽索斯就到了吕西亚，而那只可恶的喀迈拉就栖息在吕西亚阴暗的山谷中。

此时，飞马带着骑手逐渐下降。柏勒洛丰从高处往下看，将吕西亚所有景色尽收眼底，当然，所有阴暗的山谷也一目了然。乍一看，下面似乎没有什么特别之处，漫山遍野都是岩石，四周是挺拔而险峻的高山。在地势比较平坦的地方，都是些被烧毁的房屋废墟，牛的尸体横七竖八地倒在原来的牧场上。

"一定是喀迈拉干的坏事，"柏勒洛丰想，"可是那头怪物会在哪儿呢？"

正如我说的，乍一看那些山谷，根本找不到特别之处，

---

① 希腊神话中"灵感之泉"，位于赫利孔山上。

那边除了有三股细细的黑烟，什么也没有。那烟貌似从一个山洞口冒出来，在到达山顶之前，这三股黑烟合成一股，垂直冲向天空。此时飞马和骑手正处在那个洞口正上方大约1 000英尺的高度。在黑烟往上飘的同时，散发出一种难闻的硫酸味，简直令人窒息，珀伽索斯直喷鼻子，柏勒洛丰也打了个喷嚏。闻惯了新鲜空气的珀伽索斯，在闻到这个刺鼻的气味后非常不舒服，它挥动着翅膀，迅速飞到了离黑烟半英里的地方。

但是，当柏勒洛丰回头时，他似乎发现了什么，于是他先拉住马辔头，让珀伽索斯调头。他做了一个手势，飞马立即明白了，然后慢慢往下降落，最后落到离地面一人高的岩石上。前面就是洞口，扔石头的话正好能扔进洞口，三股黑烟正从那个洞口往外冒。

柏勒洛丰看到洞穴里似乎蜷缩着一堆奇怪可怕的生物。它们的身体缠在一起，柏勒洛丰一时间无法分辨它们是什么。但是，从它们的头可以看出，一个是巨蛇，另一个是凶猛的狮子，还有一个是丑陋的山羊。狮子和山羊的头正在打瞌睡，而那个蛇头完全清醒着，它用一双火红的眼睛一刻不停地扫视四周。而那三股细细的黑烟是从这三个脑袋的鼻孔里喷出来的，如此离奇的场面让柏勒洛丰一时没反应过来，这就是可怕的三头怪喀迈拉，他找到了喀迈拉的洞穴。就像他想象的那样，蛇、狮子和山羊不是三个独立的动物，而是合起来组成了怪物。

这个邪恶、可恨的家伙！虽然有三分之二的身体已经睡着，但它那可恶的爪子里还抓了只小羊的残骸，或许在其中两个脑袋睡着之前，三张嘴还在啃咬它。

柏勒洛丰做好了战斗的准备，珀伽索斯似乎也察觉到了，立刻发出了一声嘶鸣，那声音听起来像是进攻的号角。听到这声音，三个头立刻直立起来，喷出了巨大的火焰。柏勒洛丰还没来得及考虑下一步该怎么办，怪物就冲出了洞穴，伸出那巨大的爪子，向他直扑过来。要不是珀伽索斯像鸟一样敏捷，它和柏勒洛丰都会被喀迈拉扑倒，这样的话，决战还没开始就结束了。眨眼间，它就带着柏勒洛丰飞到了半空，此时它浑身又颤抖起来，鼻子里不断喷着鼻息，这次倒不是因为害怕，而是这个恶心的三头怪令它厌恶至极。

另一边，喀迈拉则用尾巴尖点地，把身体竖了起来，同时爪子在空中疯狂地挥舞着，三个头同时向一人一马喷火。它们不断地咆哮、怒吼着。与此同时，柏勒洛丰正把盾牌戴在手臂上，并拔出剑来。

"现在，亲爱的珀伽索斯，"他在飞马的耳边低语，"你必须辅助我杀死这个令人厌恶的怪物，否则，你会永远失去你的朋友柏勒洛丰，独自飞回你的山顶。今天要么杀死喀迈拉，要么那三张嘴把我这个曾睡在你脖子上的头吞掉。"

珀伽索斯呜咽一声，转过头来，用鼻子轻轻地蹭着骑手的脸颊。它用这种方式告诉他，尽管它会飞，还长生不老，但它宁愿失去这一切，也不愿丢下柏勒洛丰。

"谢谢你，珀伽索斯。"柏勒洛丰说道，"现在，让我们冲向怪物吧！"

说话的同时，他摇了摇缰头，珀伽索斯立刻像箭一样，斜着往下冲，直冲到喀迈拉的正上方，而怪物此刻正拼命地把三个头伸得高高的。在离怪物一臂远的时候，柏勒洛丰对怪物砍了一剑，他还没来得及看是否成功，就被飞马驮着飞走了。珀伽索斯继续飞奔，但很快就转过头来，飞到与之前的位置差不多的地方，柏勒洛丰这时才发现，他几乎把那怪物的山羊头砍了下来，脑袋与脖子只剩下一点皮连接着，看上去已经死去。

而蛇头和狮子头似乎要为死去的山羊头报仇，它们继承了山羊头的全部凶狠，比以前更加暴躁。它们拼命吐出火焰，并发出阵阵咆哮声。

"没关系，勇敢的珀伽索斯！"柏勒洛丰喊道，"再来一次这样的进攻，我们就会让它停止咆哮。"

他又摇了摇辔头，飞马像上一次那样斜着身子疾驰而下，又像射出的箭一样冲向喀迈拉，柏勒洛丰在那时又狠狠地砍向剩下两个头颅中的一个。但这一次，他和珀伽索斯没有第一次那么顺利，喀迈拉用一只爪子狠狠地抓住他的肩膀，另一只爪子又擦伤了飞马左边的翅膀。柏勒洛丰给了狮子头致命一击，因而狮子头垂在了地上，嘴里的火焰几乎熄灭，只喷出几缕黑烟。然而，剩下的那个蛇头却比以前凶狠了数倍。它喷出的火焰很大，发出的嘶嘶声很响亮，就连五十英里外的国王约巴提也听到了，吓得他浑身颤抖，连身下的宝座也跟着一起颤抖。

"糟了！"可怜的国王想，"怪物肯定是来吃我的！"

与此同时，珀伽索斯又飞到了空中，它愤怒地嘶鸣着，眼睛里闪烁着水晶般的火焰。这和喀迈拉血红的火焰是如此的不同。飞马的斗志完全被激发了，柏勒洛丰也一样。

"你流血了吗，珀伽索斯？"柏勒洛丰喊道，比起他自己受伤，他更关心飞马承受的痛苦，它本不应该承受这些的。"可恶的喀迈拉，它要为自己的恶行付出惨痛的代价！"

　　然后，他又摇了摇辔头，大喊了一声，指引珀伽索斯发动进攻。这次，珀伽索斯不像以前那样斜着攻击，而是直冲到那可怕怪物的面前。速度如此之快，就像一道炫目的光闪过。

　　失去第二个脑袋的喀迈拉，已经陷入了前所未有的痛苦和愤怒中。它的身子四处乱蹦，一会儿在地上，一会儿在空中，根本说不清它到底在哪。蛇嘴此时张得很大，大到珀伽索斯可以直接张开翅膀飞进它的喉咙里。当一人一马接近时，它喷出一股巨大的烈火，彻底把柏勒洛丰和飞马包裹在烈火中，烈火不仅烧焦了珀伽索斯那双美丽的翅膀，也烧焦了柏勒洛丰一侧的金色卷发，火焰的炙烤让他们无比痛苦。但这种痛苦跟后来发生的事相比，根本不算什么。

　　飞马把他带到离怪物只有一百码的距离时，喀迈拉猛地一跳，用它巨大且笨拙的身体扑向柏勒洛丰，并把蛇尾巴甩过来，用尽全力缠在飞马身上。不管珀伽索斯飞向哪里，喀迈拉都死死地缠着它，并随它一起到了高空。与此同时，柏勒洛丰转过身，发现自己正对着那个丑陋的蛇头，他只能举起盾牌阻挡，以免被烤死或被咬成两半。他越过盾牌的上边缘，死死地盯着那怪物凶残的眼睛。

　　此时，喀迈拉因失去两个头而痛苦难耐，因此它不像平时那样能很好地防护。它只想着用可怕的铁爪刺向敌人，却把自己的胸膛完全暴露了出来。也许杀死喀迈拉的最好方法是尽量靠近它，柏勒洛丰察觉到这一点，就用力把剑插入它那颗心脏。成功后，那怪物的蛇尾巴立刻松开了珀伽索斯，然而，它胸中的火不但没有被扑灭，反而燃烧得比以往任何时候都旺，很快就吞没了整个身体。就这样，它像火球一样

从天上掉了下来。此时夜幕已经降临，人们很可能认为这个火球是掉下来的流星。在第二天太阳升起时，村民们才惊奇地发现，几英亩范围的土地上落满了黑色的灰尘。在一块地的中央，人们发现了一堆白骨，比一垛干草摞得还高。从此，再也没有人见过可怕的喀迈拉。

柏勒洛丰赢得了胜利。他热泪盈眶地俯身吻了一下珀伽索斯，说："回去吧，我亲爱的马儿！回到皮瑞涅泪泉去！"

珀伽索斯在空中一闪而过，比以往任何时候都要快，在很短的时间内就到了泉边。在那里，柏勒洛丰看到老人仍然拿着手杖站在那里，中年男人在让牛喝水，漂亮的少女在灌水。

"我现在想起来了，"老人说，"我曾见过一次飞马，当时我还是个孩子，但那时它比现在漂亮十倍。"

"我有一匹会拉车的马，比三匹这样的马还值钱。"中年男人说，"如果这匹马是我的，我做的第一件事就是剪掉它的翅膀。"

可怜的少女什么也没说。

"那个温柔的小男孩儿在哪里？"柏勒洛丰问道，"他一直陪伴着我，这让我有坚持下来的勇气。"

"我在这里，亲爱的柏勒洛丰！"孩子轻声说。

原来，自从柏勒洛丰走后，这个小男孩儿一直守在皮瑞涅泪泉旁边，等待着他的朋友出现。但当他看见柏勒洛丰骑着飞马从天空中降落时，他又躲进了灌木丛。他是一个敏感的男孩儿，害怕老人和中年男人看到他眼中涌出的泪水。

"你成功了，"他高兴地说，跑到仍然骑着飞马的柏勒洛丰膝前，"我就知道你一定会成功。"

"是的，亲爱的孩子！"柏勒洛丰从飞马上下来，回答道，"如果不是你鼓励我，我不会等到珀伽索斯，也不会飞上云霄，更不会战胜可怕的喀迈拉。所以，我亲爱的小朋友，这功劳有你一份，现在让我们还珀伽索斯自由吧！"

于是，他从那匹神奇的飞马头上摘下施了魔法的辔头。

"你自由了，亲爱的珀伽索斯！"他喊道，语气中带着一丝悲伤和不舍，"你是会飞的马，自由地飞翔吧！"

此时，珀伽索斯把头靠在柏勒洛丰的肩膀上，并不愿离开。

"那么好吧，"柏勒洛丰抚摸着飞马说，"只要你愿意，你可以和我一起出发，告诉约巴提国王，喀迈拉已被杀死了。"

然后，柏勒洛丰抱了抱小男孩儿，并答应会再回到他身边，随后就离开了。不过，在之后的岁月里，这个小男孩儿骑着珀伽索斯比柏勒洛丰飞得更高，取得的成就超越了斩杀喀迈拉的柏勒洛丰，始终保持文静性格的他，最终成为一位伟大的诗人。

✲ PART 3　故事结束后

地点：光秃秃的山顶

尤斯塔斯兴致勃勃地讲述着柏勒洛丰的故事，就好像他骑过那匹飞马一样。故事结束后，他高兴地看着孩子们的脸，从他们脸上可以看出，刚才听得很入迷。所有的眼睛都充满了笑意，除了报春花。此时，她的眼里噙满了泪水，因为她感受到这个故事中其他孩子还不能体会到的某种东西。尽管这是一个讲给孩子们听的故事，但尤斯塔斯却在里面倾注了自己的热忱和无尽的希望。

"现在我原谅你了，报春花，"他说，"原谅你总嘲笑我和我的故事，一滴眼泪足以抵消之前所有的嘲笑。"

"好吧，尤斯塔斯表哥，"报春花擦了擦眼泪，又顽皮地笑了笑，回答说，"站得高一些，确实能提升你的思想高度。我劝你以后不要讲故事了，除非像现在这样，在山顶上讲。"

"或者在珀伽索斯的背上讲。"尤斯塔斯笑着回答，"你不觉得我已经成功抓住那匹神奇的马了吗？"

"这真像你的又一个胡言乱语，"报春花拍着手说道，"我已经想象到你骑在飞马的背上，在距离地面两英里的高空中，头朝下脚朝上的场景。幸亏你现在骑在稳重的戴维和老亨得利德身上，并没有机会在飞马上试试你的骑术。"

"要我说，我希望珀伽索斯此刻就出现在我的眼前，"尤斯塔斯说，"我会马上骑上它，把方圆几英里跑个遍，顺便对我的那几位作家兄弟来一次文学访问。"

"难道我们的邻居不是作家吗？"报春花问，"就是那个沉默寡言的人，他住在坦格活德庄园附近的那栋老红房子里，我们有时会在树林里或湖边见到他，他身边有两个孩子。我听说他写过一首诗，或一部浪漫小说，或一本算术书，或一本校史书，或别的什么书。"

"嘘，报春花，小声点！"尤斯塔斯将手指放在嘴唇上，小声地说道，"任何时候都别再提起那个人，哪怕在山顶！如果我们的胡言胡语传到他的耳朵里，碰巧让他不高兴了，他只要往炉子里扔进一两张纸，无论是你还是我，抑或是小长春花、香蕨木、南瓜花、兰眼麻、黑果木、三叶草、流星花、车前草、乳草、蒲公英、毛茛，还有对我的神话故事持批判态度的普林格尔先生，还有他的夫人，都将变成一股青烟，从烟囱里嗖地飞出去。据我所知，与世界上的其他人相比，住在红房子里的邻居一点也不恐怖。但有个声音又悄悄告诉我，他拥有一种神秘的可怕力量，这种力量足以消灭我们。"

"坦格活德庄园会像我们一样变成一股烟吗？"小长春花问道，她对这种毁灭性的威胁感到十分震惊，"那本和布鲁因会怎么样呢？"

"坦格活德庄园将保留下来，"尤斯塔斯回答说，"它还和现在一样，只是住着一个完全不同的家族。本和布鲁因还会活着，吃着骨头，它们才不会回想起与我们一起度过的美好时光。"

"你胡说什么！"报春花惊叫道。

大家一边闲聊着，一边往山下走，现在已经到了树林里。报春花采了一些山月桂的枝叶，它看上去嫩绿而富有弹性。她用这些月桂枝编了一个花环，戴在尤斯塔斯的头上。

"没有人会因为你的故事给你加冕，"报春花说，"只能我给你戴上。"

"别说那么绝对，"尤斯塔斯回答说，此刻他的卷发上戴着月桂枝，很像个年轻的诗人，"这些奇妙的故事说不定能赢得别人的花环。我打算用我所有的闲暇时间把它们写出来，并公之于众。去年夏天，菲尔兹先生在伯克郡时，我有幸结识了他，他是一位诗人，也是一位出版商，他一眼就能看出这些故事非同寻常。我希望他会让比林斯给故事配上插图，通过蒂克纳出版社出版，最终推向全世界。从现在起，再过五个月左右，我就可以成为这个时代的宠儿了。"

"可怜的尤斯塔斯！"报春花在说话的同时把身子挪到一边，"等待他的，将是多大的失望啊！"

布鲁因往下走了一段，就叫了起来，而本发出更大的叫声进行回应。他们很快就看到那只善良的老狗在小心翼翼地照看着蒲公英、香蕨木、流星花和南瓜花。此刻，这些小人儿完全恢复了精神，正在等待他们的伙伴。就这样，这一群人成功会合了，他们又穿过卢瑟·巴特勒的果园，直奔庄园去了。